시가 되고픈 산문집

어두운 밤이
하루의 끝을 잡아당긴다

원시인

멘토스

어두운 밤이 하루의 끝을 잡아당긴다

인쇄 2019년 1월 2일
발행 2019년 1월 8일

지은이 원시인
발행인 Chris Suh
발행처 멘토⊘스
주소 경기도 성남시 분당구 분당로 53번길 12 313-1
전화 031-604-0025 **팩스** 031-696-5221
홈페이지 www.mentors.co.kr
블로그 blog.naver.com/mentorsbook
등록일자 2005년 7월 27일
등록번호 제 2009-000027호
ISBN 979-11-86656-70-9
가격 12,800원

세상의 아름다움을 노래하고 싶었다.
아름다운 시를 쓰고 싶었다.

세상이 아름답지 않거나
내가 세상의 아름다움을 보지 못한 것일게다...

원시인

죽음 그리고 소녀

네번째 이야기
다하지 못한 이야기

• 우리, 지금 • 인간 • 인간 2 • 인생
• 생지옥 • 슬픔 • 슬픔 2 • 기적
• 기적 2 • 세상 • 행복 • 불행 • 비교
• GNP • 욕심 • 욕심 2 • 지금
• 불공평 • 발전 • 분노 • 후회
• 후회 2 • 행동 • 정치가와 국민
• 정치인 • 연쇄살인범 • 배신 • 배신 2
• 실수 • 희망 • 정의 • 처세술 • 장님
• 최선 • 사람들 • 판단 • 경쟁자
• 목소리 • 자연 • 단점 • 혼자
• 거짓말 • 역사 • 역사 2 • 부모
• 부모 2 • 부모 3 • 종교 • 종교 2
• 기독교 • 기독교 2 • 신앙 • 사후
• 사후 2 • 사후 3 • 미쳐라 • 기성세대
• 한국인 • 사회 • 인간관계 • 세대
• 힘 • 거짓의 시대

첫번째 이야기

보이지 않는 사람들

보이지 않는 사람들

사람들이 주변에서 하나둘씩 사라져간다.
나는 홀로 차가운 도로 위에 주저앉아
외로운 바람에 창백한 속살을 그저 맡긴다.

내 기억 속 사람들조차 하나둘씩 보이지 않는다.
나는 홀로 바닥에 누워 두 눈을 감고
텅 빈 가슴에 외로운 바람을 가득 채운다.

이렇게 속절없이 스쳐 가는 사람들이건만
이렇게 소리 없이 사라지는 사람들이건만
나는 왜, 나는 왜 사람들을 찾아 헤매고
또 기다리는 걸까…

사람들아, 내가 없다고 우지마라,
사람들아, 내가 잊혀진다고 슬퍼마라,
인연의 아픔은 기억으로 달래고
이별의 슬픔은 시간으로 보듬고

그렇게 우리는 시간 속에서 영원히
남이 될 뿐인걸…

기다림

밤이 어두운 물결을 타고
내 마음속에 마구 이고 든다.
나는 어둠 한 삽을 퍼서 내 아픔을 가리우고
또 한 삽을 퍼서 내 슬픔을 지워버린다.

이제 나는 두 눈을 내리고
어둠마저 보이지 않는 곳으로 간다.
사람들이 가기 싫어하는 곳으로
사람들이 싫어 나는 간다.

뉘 있어 내 흙 묻은 보이기 싫은 손을 잡아줄까…
뉘 있어 내 두 눈을 가리운 상처를 아물게 해줄까…

첫번째 이야기

그림자

날이 저문다.
여름 한낮의 어수선함은 모두 사라지고
어두운 밤의 다정한 얼굴만이 환하게 나를 맞이하는데
저문 나의 슬픈 그림자는 보이지조차 않는다.

땅거미

뒤따라오는 사냥개에 물리지 않으려고
허겁지겁 한 발 한 발 산 등을 올라왔다.
뒤를 쳐다볼 여유도 없이
그냥 그렇게 물리지 않으려고
죽지 않으려고 앞만 보고 뛰었다.

날이 저물도록 아무 생각 없이
오직 살아야 한다는 생각에
발톱이 빠진 줄도 모르고
옷이 다 찢겨진 것도 모른 채
그렇게 숨을 몰아 쉬며 올라갔다.

지친 숨을 부둥켜안고 달래며
잠시 쉴 자리를 찾아 앉는다.
그리고 뒤를 돌아다본다.

사냥개는 아직도 저만치 밑에서 나를 향해 짖는데
내가 발을 헛디뎌 조금만 밑으로 떨어지면
난 그의 밥이 되는데 난 움직일 수가 없다.

더 올라가야 하는데 더 멀리 도망가야 하는데
내 발걸음은 더 이상 나의 것이 아닌 양
나를 외면하고 나의 지친 몸뚱아리는
그렇게 비스듬히 앉아 땅거미를 맞는다.

보고 싶은 세상

지금이 아무리 힘들어도 희망은
땅속 깊은 곳에 고이 접어두고 잊혀진다.

지금 아무리 사람이 보고 싶고 외로워도
스쳐 가는 바람에 만남은 어디론가 날아간다.

지금 아무리 사람의 믿음이 절실해도
한낱 비누 거품 같은 믿음은 절로 사라진다.

희망은 나의 아픔을 즐길 뿐이고
만남은 돌아서 잊혀질 뿐이고
믿음은 허망한 쓴웃음만 짓게 할 뿐인 것을…

어두운 거리

사람을 만져보고 싶다.
내 빈 얼굴을 그대 속살에 비비고 싶은데
사람들은 바로 옆에 있으면서도
텔레비전의 거짓 쇼에 정신을 다 팔고
희희낙락 세상 놀이에 빠져 있다.

보고 싶다. 만지고 싶다. 비비고 싶다.
하지만 오지 마라!

숨소리나지 않는 속살을 보이지 마라!

오지 않는 그대를 보면서
가지 않는 나를 보면서
내 마음은 홀로 어두운 거리 속으로
스며들 뿐이다.

다들 어디에 간 걸까…

언제나처럼 또 무심히 날이 밝아온다.
태양은 머리 위에서 이글거리는데
난 촛불을 들고 이리저리 뛰어다닌다.
거리에도 건물에도 사람들이 보이지 않는다.

다들 어디에 간 걸까…

내가 찾는 사람들은 다 어디로 간 걸까.
내가 내민 손을 잡아줄 사람은 어디에도 없는 걸까.
사람이 싫어도 사람을 기다리는 건
사람의 운명일까, 나만의 운명일까.

나는 더 이상 내가 아니고
나는 더 이상 아무도 될 수 없다.

우리는 한낮의 연무처럼 있어도 보이지 않아
스쳐 가도 모르는 남일 수밖에 없는 것을…

아픔

버림받은 자의 아픔을…
버림받아 본 적이 없는 사람이
그 아픔을 알 수 있을까…

비뚤어진 세상

갑자기 눈물이 치솟아 오른다.
대학원 때 타 대학에서 온 동료가 있었다.
굳이 피한 건 아니지만 내가 낯을 가려
그리 이야기할 시간이 많지 않은 친구였다.

그리고 그의 눈 하나는 항상 자신의 의지와는 상관없이
다른 곳을 보는 그런 친구였다.
그가 나에게 논문집을 주었다.
커버를 넘기자 논문집이 의례 그렇듯이
그의 서명이 적혀 있었다.

그리고 그의 짧은 한마디가 눈에 띄었다.
그 짧은 한마디가 날 언제나 힘들게 한다.
눈시울이 붉어진다.
"우리 언제나 다시 볼 수 있을까?"
특이한 한마디, 우리보다 아니 어느 누구보다
차가운 세상을 살아갈 그가 툭 던지는 그 한마디에…

그의 쉽지 않은 삶의 누적된 고통이 밀려오는 듯하다.

아름다운 시

아름다운 시를 쓰고 싶다.
세상 사람들이 모두 다 감동해서
눈물을 아니 흘릴 수 없는
그런 아름다운 세상을 노래하고 싶다.

그리고 사람들의 눈물이 마르기 전에
아름다운 시를 지우개로 한 자 한 자 지우련다.
이 세상에 아름다움이 얼마나 없는지
어리석은 인간들에게 알려주고 싶다.

거짓 걸음

이렇게 불쑥 찾아오는 울적한 마음은 뭘까.
마음은 사람들로부터 도망치고 뛰어가지만
아무렇지도 않은 양 차분히 걸어가는
나의 거짓 걸음은 어찌해야 하나…

사람들 속에서

사람들 속에서
사람으로 살아갈 수 없는데
사람들 속에서
어떻게 사람을 찾을 수 있을까…

어둠

방구석에 등을 대고 힘없이
하늘 천장을 본다.

다 뜯어지고 색바랜 비닐 창문 틈사이로
밝은 햇빛 몇 조각이 비집고 들어온다.

점점 그 빛은 나를 구석으로 모는데
나는 더 이상 뒤로 물러설 곳이 없다.

하늘도 보이지 않는 방구석에서
나는 오늘도 어둠을 찾아 헤맨다.

하루

오늘도 어김없이 하루가 어둑어둑 저물어가고
난 하는 수 없이 철없이 지나가는 하루를 원망한다.

별다를 게 없을, 다가오는
새로운 하루를 피하기 위해
오지도 않는 잠자리에 들어
갖은 상상과 환상에 내 몸을 맡긴다.

나의 노래

나와 내가 함께 손을 잡고 걷고 있다.
어디선가 이 세상에서는 들을 수 없는
아름다운 선율이 나의 몸을 휘감고
어느새 나의 두 눈에서는 눈물이 흘러내리며
펄떡이는 심장의 고동 소리에 풀밭에 쓰러지고…

난 생각한다.
이게 나의 길이고
난 아무리 아프고 괴로워도
나의 길을 걸을 수밖에 없는
운명에 사로잡힌 나에 소름이 돋는다.

하지만 내가 나의 손을 꽉 잡고 뛰기 시작한다.
아스팔트 길 위를,
아름다운 선율이 들리지 않는 곳으로
멀리 끌고 간다.

시끄러운 사람들 소리로 가득한
짙은 갈색의 도심으로 나를 밀어 쳐놓는다.

아, 나의 길은 저기인데…

내가 나의 길을 버리고
나의 길이 아닌 곳으로 가고 있구나…

푸른 하늘

한적한 포구 사구 위에 놓여 있는
낡은 나룻배를 있는 힘껏 밀어붙여
물 위에 띄운다.

손에 소주 한 병 들고
나는 나룻배 위에 누워 푸른 하늘을 본다.
세상 사람들 마음이 저 하늘처럼
저렇게 눈이 부시도록 푸르면 얼마나 좋을까…

인생

그대 고된 심장에 손을 집어넣고
슬픔과 아픔을 찾을 수 없다면
그대 인생을 살았다고 할 수 있겠는가?

그대 걸어온 길을 뒤돌아보고
후회와 회한이 보이지 않는다면
그대 살아온 삶이 인생이라고 할 수 있겠는가?

그대 스쳐 가는 사람들 눈 속에서
거짓과 배신이 보이지 않는다면
그대 사는 곳이 세상이라고 할 수 있겠는가?

착각

우리가 아름다움을 찾는 것은
더 이상 이 세상이 아름답지 않기 때문이고

우리가 행복하다고 착각하는 것은
너무 슬픔이 가득한 세상에 살기 때문이다.

아무리 보아도 아름답지 않고 슬픔만이,
바위에 붙은 바닷물에 젖은 이끼처럼
우리들 몰래 가슴 속에 가득하건만,

그래도 우리가 이 세상을 사는 건
우리가 우리가 아니기 때문이다.

● 살점

난 오늘도 어김없이
그대가 토막내어 버린 내 몸뚱아리와
그대가 쪼아낸 내 살점들을 찾으며
쓰레기통에서 하루를 보내고 있다.

술잔에 눈물

사람들의 말들이 내 술잔에 침을 뱉고
사람들의 행동이 내 술잔을 엎어버린다.

침 뱉은 술잔을 침이 안 뛴 것처럼 달게 마시고
엎어진 술잔에 엎어진 술을 쓸어 담고
나는 아무런 일도 없다는 듯이
나의 술잔에 아무도 몰래
눈물 몇 방울 떨어트리고
맛있는 듯이 한 모금 한 모금 마신다.

나는 있지 않다

사람들 사이로 걷고 있는데

눈을 가리지 않아도
사람들의 얼굴이 보이지 않고

귀를 막지 않아도
사람들의 목소리가 들리지 않는다.

사람들 사이로 나는 걷고 있는데
나는 있는데 나는 있지 않다.

춤

춤을 추고 싶다.
내 머릿속을 다 비우고
몸뚱아리가 시키는 대로 춤을 추고 싶다.

누가 보면 어떠리…
누가 안 보면 어떠리…

이 세상 아무도 없는 것처럼
그냥 춤을 추고 싶다.

홀로 길

이 길을 혼자 걷고 있다.
아무도 내 옆에 있지 않고
나도 누구 옆에 가지도 않고
그냥 그렇게
홀로 이 길을 걷고 있다.

미련

나는 무엇을 기다리는 걸까…
나는 누구를 기다리는 걸까…

영원히 오지도 않을 사람을
와도 나를 보지 않을 사람을
와서 아픔과 슬픔만을 줄 사람을
나는 왜 기다리는 걸까…

아직 아픔보다
이 무거운 세상에 대한
미련이 조금이라도 더 남아 있나 보다.

가고 싶은 곳

가고 싶은 곳을 가지 못하고
하고 싶은 일을 하지 못하고

나는 있고 싶지 않은 곳에서
하고 싶지 않은 일을 하고 있을 따름이다.

어리석은 그대

어리석은 이여,
무엇을 기대하는가?
한번 태어나면 슬픔은 어찌할 수 없는 것을
그대 아직도 세상을 보고 있는가…

미련 많은 이여,
누구를 기다리는가?
한번 등 돌린 세상은 다시 올 수 없음을
그대 지금도 느끼지 못하는가…

마음 여린 이여,
무슨 미련이 있는가?
한번 물린 상처는 영원히 치유될 수 없음을
그대 아직도 알지 못하는가…

모래바람

아무도 오지 않는데
누구도 아는 척하지 않는데

나는 사막 한가운데 앉아
쏟아붓는 모래바람을 맞으며
그 무엇을 기다리고 있는 걸까…

이제, 내가 모래바람이 되어
보이지 않는 사람들 속살로 들어가
그대들 낯선 삶을 살아보련다.

비

하늘에서 빗물이 쏟아진다.
이 세상에 묻은 때를 다 쓸어가려는 듯
비는 멈추지 않고 얇은 창유리에 아우성이다.

나는 입은 옷 그대로 나간다.
한 손에 우산을 들고 나간다.
우산을 똘똘 뭉쳐서 똑딱이 단추가 달린
끈을 힘껏 잡아당겨
우산을 가장 날씬하게 만든다.

그리고 나가서 하늘이 주신 비를 맞는다.
머리가 젖고 얼굴이 젖고
안경은 뿌해지고 사람들이 지나가는데
누가 누구인지 보이지 않는다.

사람들이 쳐다본다.
비 맞는 나를 힐끗 쳐다본다.
그리고 손에 쥔 우산을 쳐다본다.
나는 그렇게 사람들의 호기심의 대상이 된다.

나는 그들과 가까워질 수 없는
그냥 멀리 떨어진 한 이상한 사물일 뿐이다.

산다는 거

사는 게 고통이라고
그런 게 인생이라고
그래서 내 작은 가슴에
온갖 고통과 슬픔을 품었다.

아무도 알려주지 않았다.
나도 알려고 하지 않았다.
삶이 주는 고통이 그렇게 클지는…

인생이 그렇게 슬픔으로 가득 넘치고
내 심장은 용량 부족으로 터져버리고
온몸에 염증처럼 고통과 슬픔이 스며든다.

어느새 나는 고통과 슬픔 자체가 되어
이 세상과 함께 걷고 있다.
아무런 아픔도 느끼지 않고 말이다.

삶이란

꿈이란
손으로 햇살 잔뜩 머금은 모래를 쥐는 것.

희망이란
고통을 더 연장하는 잔인한 신기루일 뿐인 것.

사랑이란
외로움을 보지 않으려는 무의식적인 착각인 것.

믿음이란
단지 서로를 이용해먹기 위한 천한 도구인 것.

솔직이란
자기 복부에 칼을 깊숙이 찌르는 자해행위에 불과한 것.

그래서 삶이란
아무도 보이지 않는 거리에서 홀로
손목의 동맥을 칼로 베는 것에 다름 아닌 것.

드르니에 항구

오늘도 홀로 차를 몰아
드나드는 사람 찾기 힘든
드르니에 항구에 가서
내 한적한 마음을 들어 놓는다.

없어도 될 듯한 파출소
손님도 보이지 않는 가게 몇 개…
포구 아래 사구에 놓인
낡은 어선 하나가 항구라는 것을
알게 해줄 뿐이다.

건너편 사람들 가득한
백사장 항구의 요란함을 뜨악하게 바라보며
마저 꺼내지 못한 내 아물 줄 모르는 속세의
장기들을 남김없이 다 털어놓고
그 텅어빈 자리에 드르니에 항구의 외로움을
가슴에 가득 담는다.

잠

동이 튼다.
이제 꼭꼭 숨겨놨던 방에 슬그머니 들어가
잠을 청해야겠다.
무서운 태양을 피해 빛이 들어오지 않는
어두운 방구석에 몸을 처박고
세상을 피해야 한다.

노을이 진다.
태양은 한 번 밝게 신호를 보내고
어둠을 잔뜩 던져주고 가버린다.
이제 일어나야겠다.
내 몸의 오감을 일깨우고
죽음에서 깨어나야겠다.

희망

내일이면 힘없이 부서질
희망의 한 조각을 안 주머니에 넣고
그대 길이 아닌 곳으로 가는 사람들아,
희망은 불행만 가져올 뿐인 것을
그대들의 가슴은 희망에 부풀어 뛰는구나.

돌들 사이로 밀려온 바닷물을 두 손으로 담아
하늘을 바라보며 위로 흩뿌린다.
바다가 내 위에 떨어지며
하늘이 보이지 않는다.

형벌

이 세상을 산다는 것은
끊임없는 자기부정의 반복에 불과하다.

이 세상을 산다는 것은
서로 남이라는 것을 확인하는 슬픈 과정일 뿐이다.

이 세상을 산다는 것은
이 세상이 형벌로 가득 찬 지옥이라는 것을 깨닫는 것이다.

사람들

바깥에 나가 지나는 바람에
내 살갗들은 침식을 당하고

사람들의 시선에
내 내장들은 조금씩 타들어 간다.

술 한잔에 나를 놓고 싶어,

홀로
사람들로 꽉 찬 술집에 들어가
한잔 술에 내 몸과 마음을 적시고,
즐거움 혹은 슬픔에 찌든
사람들의 얼굴들을 하나하나 쳐다본다.

세상 놀이

진실은 자유 대신 너희들에게 어둠을 강요하고
거짓은 너희들에게 더 커다란 자유를 줄게다.
믿음은 사람들 마음속의 괴물을 불러내고
배신은 인생을 달콤하게 할게다.

오늘과 내일

오늘을 보내기 싫어
자정이 지나도
모른 척하며 텔레비전을 멍하게 보고 있다.

내일이 오는 게 싫어
아침이 와도
모른 척하며 계속 잠에서 깨어나지 않고 있다.

하루 치의 삶이 닳는 게 싫은 것도 아니요
하루 치의 죽음에서 도피하기 위한 것도 아니요
두 눈 부릅뜨고 삶을 움켜잡고
죽음을 멀리하는 것도 아니니
그대 오해 마오.

그저 의지 없이 끌려다닌 하루 치의 삶에
상처받은 영혼이 아프고
병들어 차가워진 심장에 하루 치의 후회가
얹혀지는 게 싫기 때문이라오.

믿음

내가 믿을 수 있는 사람이 하나라도 있고
내가 의지할 수 있는 사람이 하나라도 있고
내가 살아갈 이유를 주는 사람이 하나라도 있다면

그건 이 세상이 아닐게다.

외로움

다들 잠든 깊은 밤은
짙은 어둠으로 젖어 있고
사람들의 숨소리만 간헐적으로 들린다.
나는 이런 외로움 속에서 잠을 이룰 수 없어
약 기운에 눈이 처짐에도 잠을 이기고
새벽을 맞이하고 있다.

왜 이리 외로울까…
세월의 흐름이 뱉어놓은 담벼락 너머로
아득한 옛 기억의 얼굴들이 스며 오른다.

그대

내가 아직도 그대 곁에 있는 것은
한 올 풀어진 미련이 남아서도 아니요
한 톨 남겨진 두려움이 잡아서도 아니요
한 큼 적셔진 눈물이 길을 잃게 해서도 아니요.

그대가 누구인지 그대의 모습이 어떠한지
알지 못해서 그러는 거라오.

장터

사람들이 살아 있다.

닷새 만에 서는 천막 장터에
겨우살이를 팔고 있는 시골 할아버지,

또아리 틀고 있는 뱀을 파는 장사꾼,

돼지 불알 통이라고 힘주어 칼질하는 한 아주매가
살아 힘차게 세상을 움직이고 있다.

쇠창살 안에 도살을 기다리는
황구들의 불안한 눈동자가,
갈고리에 머리가 꽂힌 꿩들의 죽은 숨소리가
액세서리처럼 우리 뒤편에서
우리들을 구경하고 있는데 말이다.

사람

사람이 사람을 만난다.
사람이 사람을 믿는다.
사람이 사람에게 배신을 당한다.
사람이 사람에게 받은 상처로 고통스러워한다.

그런데

사람이 사람을 다시 만난다.

바람과 구름

무심코 지나는 바람결에
내 희망을 털어 얹혀 놓고
멀리 지나는 사람들 눈망울에
내 눈물방울 하나 살짝 올려놓는다.

먹구름이 몰려온다.
한낮의 햇살은 어느새 검게 물들고
햇살의 한 가닥 끝이라도 잡으러 가는 나의 손짓은
어둠의 틈 사이로 빨려 들어간다.

바위섬

나는 섬이다.
바닷가 인적없는 조그만 바위섬이다.

바다 물살이 때리는 포말은
나의 피부를 산 채로 벗겨내지만

난 아프다는 소리도 못 내고
그 자리에서 바닷물을 맞이할 수밖에 없는
나는 아무도 찾지 않는 창백한 바위섬이다.

무슨 미련

모래사장 위로 밀려온 바닷물
무슨 미련일까…
흔적을 남기고 다시 돌아가 버린다.

우리 목을 조이던 뜨거운 태양
무슨 미련일까…
숨 막히는 열기를 남겨 놓고 저버린다.

● 악몽

과거의 악몽들이
바닥에 깨진 꽃병의 거칠고
뾰족한 조각조각 되어
나의 영혼에 피눈물을 흘리게 하고 있다.

망각

세상에서 가장 멀리해야 할 건
희망인 것을

세상을 망각한 채 또다시
희망을 한다.

다리

다리가 있다.
너와 나를 이어주는 다리가 있다.

다리가 있다.
다리가 있어 너와 내가 다르다.

다리가 아직도 있다.

행복

보이지 않던 행복이 보인다 해도
행복을 향해서 뛰어가지 마라.

그나마 보이던 행복마저
신기루처럼 사라지고

지친 다리는 더 이상 슬픈 몸뚱아리를
버티지 못하고

별도 사라진 밤하늘을 바라보며
눈을 감을 뿐이다.

도망

이렇게 도망이나 갈 세상에
이렇게 숨을 곳이나 찾을 바에
무어 하러 여기에 왔소.

겨울비

겨울비가 소리도 없이
내 옷깃 속을 스며들어
아스팔트 위를 지나는
한 노구의 발걸음이 무거워진다.

지나고 나면 다 잊혀지는 것인걸
과거는 노구를 두텁게 감싸고
별 없는 어두운 밤을 재촉한다.

아스팔트에 젖은 밤하늘을 밟고
어둠 속에 몸을 감춘 나무들 사이로
그렇게 노구는 서서히 사라진다.

바람

어디선가 바람이
따스한 봄빛 한 가닥
허전한 목덜미에 사랑을 감겨줍니다.

건너편 걸어가는 한 소녀와
마주친 눈빛 한 가닥
텅어빈 가슴에 세상을 올려줍니다.

머리 위 태양이 내리쬐는
나른한 햇빛 한 가닥
상처받은 내 몸을 휘감고
사랑과 세상을 데려갑니다.

어디선가 바람이 또 붑니다.

내가 왜…

내가 왜 여기 있을까…
여기에 내가 왜 있을까…
왜 내가 여기 있을까…

첫번째 이야기

토사물

사람을 찾을래야 찾을 수 없고
세상을 볼래야 볼 수 없어
어쩔 수 없이 이곳에 홀로 와
누가 듣든 말든 더러운 토사물을
쏟아내고 있는 불쌍한
아직 이 세상 사람…

● 빈 술잔

하늘이 온통 젖은 늦은 오후 한때
홀로 허름한 주점에 주저앉아
있어야 되는 추억 한 움큼 움켜잡고
빈 술잔에 가득 따르는 척하다
돌아갈 수 없는 과거를
젖은 휴지로 씻어본다.

미친놈

미치지 않고서는 도저히 살 수 없는
이 세상에서 버젓이 살고 있는
나는
정말 미친놈이다.

지금

지금이 너무 괴롭다고 희망으로
지금을 부정하고
현실을 벗어나려고 하지 마라.

희망이 오지 않는다는 것을
알았을 때의 눈물은
마를 길이 없구나.

누구의 눈물일까…

하늘에서 비가 내린다.
누구의 눈물일까…

아픈 상처를 흐르는 냇물에 씻고
눈물 흐르는 하늘을 우러 본다.

질펀한 땅에 흐르는 눈물이 고이며
잔뜩 어두운 낮에 내 그림자를 지운다.

홀로 언제나처럼

나는 언제나 이 길을 걷는데
그녀는 어디로 가고 오지 않는 걸까.
어디선가 매춘부가 되어
이놈 저놈 가리지 않고
가랑이 벌리고 거친 숨을 받아먹나 보다.

나는 언제나 이 길로 돌아오는데
그녀의 찢어진 가랑이조차 보이지 않고
한적한 도로만이 나를 쳐다보고 있을 뿐이다.
이제는 뒤돌아볼 힘도 없고
그냥 앞만 보고 가련다.

내가 언제나 다녔던 이 길은 이제 없어졌다.
흔적도 없이 사라져버린 내 사랑은
어디서 행복해하며 날 잊겠지.
가버린 사랑은 탓하지 않고
오지 않는 사랑을 원망하지 않을련다.

오늘, 나는 홀로 언제나처럼 이 길을 걷고 있다.

보이지 않는 나

이제 나도 보이지 않는다.
이젠 나도 보지 않을련다.
사라지는 사람들 사이로
잊혀져가는 사람들 사이로
흔들리는 가슴을 붙잡고 뛰어가 보련다.

유일한 희망

희망이란 불행한 인간이
상상력을 발휘해
만들어낸 망상의 허구…

그래서
이 세상을 버틸 수 있게 하는
유일한 희망은
마치 희망이 있는 것처럼
위장하면서 사는 것이다.

두번째 이야기

나 그리고 남

낡은 일과

가야 되는 길을 가지 못하고 있을 때
나는 몽상 속에서 홀로 춤을 추고
가면 안 되는 길을 가고 있을 때
나는 몽상 속에서 슬픈 노래 한 곡조 넋두리한다.

나를 부르는 길은 저만치서 나를 향해 손짓하는데
내가 가야 할 길은 계속해서 나를 부르는 듯한데
나는 날 잊고 나도 안 보이는 몽상 속으로 숨어버린다.

다들 살아 술 한잔에 세상과 친한 척하고
내일을 살아가려고 악수하고
서로의 얼굴을 보고서 웃음을 짓는데,

나는 희미한 불빛만 비치는 계단 한구석에
홀로 앉아 그대들의 행복을 훔쳐본다.
행복을 억지로 담은 슬픈 미소 속에
내일 찾아올 불행과 고통을 보지 못하는
그대들의 가련한 삶을 난 낡은 도화지에 그린다.

다들 가지 말아야 할 길을 가면서
다들 가야 될 길을 가지 못하면서
다들 가고 싶은 길을 가는 것처럼

그렇게 거짓 만족감에
어두운 밤거리 빌딩 그림자에
초라한 자기를 숨기는 게
우리의 일과인 것을…

사람 찾기

사람을 찾는다.
나를 아는 사람을 찾아 헤맨다.
나를 이해하고 내 손을 잡아 줄 사람을 둘러본다.
내가 태어나고 살아온 인생을 용서해주고
나의 비겁함과 정직하지 못한 순간들을 지워줄
그런 사람을 찾는다.

사람을 기다린다.
내 가슴속에 큰 멍이 들은 것 같다.
내 마음속에 큰 혹이 들어있는 듯하다.
손을 목구멍 속으로 집어넣어 멍과 혹을 누가 꺼내줄까⋯
기다림에 내 사지를 맡긴다.

사람을 잊어버리고 싶다
누군가를 잊어 내 가슴을 짓누르고 있는
덩어리를 으깨버릴 수 있다면
누군가를 지워 나를 살리는 해독제를 구할 수 있다면
그 사람을 삭제해버리고 싶다.

언제부터인가 빈 도화지에 사람을 그리고 있다.
그려도 그려도 보이지 않는 사람을 말이다.

하루의 끝

오늘도 하루가 지나간다.
어두운 밤이 하루의 끝을 잡아당긴다.

해놓은 것은 아무것도 없는데
오늘 하루 기억되는 것은 아무것도 없는데
친한 친구와 전화 통화한 적도 없는데

그저 나를 잡아먹으려는 숱한 사람들만이
내 등 위에 올라타 하루를 고통스럽게 하는데

아무리 빌어도 아무리 말려도 아무리 통곡을 해도
하루의 남은 시간은 점점 줄어만 간다.

내 하루 치의 절망은 또 쌓이고
내 하루 치의 죽음이 다가오고…

짙은 어둠이 와도 잠을 이루고 싶지 않다.
나 몰래 시간이 흘러가는 것을 용납할 수가 없다.

내가 아닌 나

내가 아닌 나로 살아가는 것만큼
불행한 일은 없다고 생각했는데
지금 난, 지금까지의 나와
다른 사람이 되려는 또 다른 내가
내 몸 안에서 꿈틀거린다.

내가 아닌 나로 살아가는 게 불행하다고
생각했을 때의 내가 나인지
지금 깊은 철창 속에서 탈출하려고
온갖 짓을 하며 내 장기들을 파헤치고 있는
낯설은 사람이 나인지…

하얀 구름

이름 모를 약들로 목발 삼아
세상 길 피해가는데
지나가는 사람들은 내가 보이지 않는 듯
나의 힘없는 목발을 부딪치며 지나간다.

매일 처음 보는 남자들의 더러운 성기를
웃으며 빨아야 하는 늙은 갈보처럼
나는 오늘도 다 금이 간 목발로 지탱하며
목구멍으로
강제적으로 들어오는 세상을 입에 물고
강제적으로 푸른 하늘에 떠내려가는
하얀 구름을 바라다봐야 한다.

사람이 온다

사람이 온다.
사람이 간다.
나의 어둠과 침묵은 더해만 가고
그림자들마저 지우려 몸부림치는데
난 또 누구를 기다리고 있는 것일까…

시간이 온다.
시간이 간다.
오는 시간에 온몸이 마비되고
가버린 시간에 멍든 가슴으로 뒤돌아보는데
난 또 무슨 시간이 오기를 기다리고 있는 것일까…

사랑이 온다.
사랑이 간다.
세상에 사랑할 사람은 보이지 않고
그만 차가운 심장 속에 숨으려고 하는데
난 또 무슨 사랑을 기다리고 있는 것일까…

색바랜 심장

숨이 차오른다.
방구석에 가만히 누워 세상을 피해있는데도
산 정상을 쉬지 않고 올라간 사람처럼
심장이 숨 가쁘게 고동을 친다.

난 메스를 꺼낸다.
가슴에 메스를 갖다 대고
고통에 이를 악물고 가슴을 가른다.
그리고 펄떡펄떡거리는 색바랜 빨간 심장을 꺼낸다.

나는 아기처럼 내 심장을
가슴에 안고 쓰다듬고 달랜다.

원래 세상은 그런 거니
원래 사람들은 그런 거니
원래 사는 게 그런 거니

이제 그만 놀라지 말라며 눈물을 흘리고,
내 창백한 하얀 얼굴을 비비며
심장이 세상을 보지 못하도록
꼭 부둥켜 껴안는다.

빨간 십자가

어김없이 어둠이 내리면
하늘 별들보다 많은 빨간 십자가는

번화한 거리의 화려한 네온사인처럼
하루도 빠짐없이
이 세상 힘없고 나약한 자들에게
모든 걸 줄 듯한 자상한 미소로 유혹한다.

이 세상 추악하고 더러운 자들에게
현세의 죄악을 용서해주며
천국을 무허가로 팔아 수익을 챙긴다.

나 잊기

미치고 싶다
세상이 나를 미치게 만들기 전에
내가 먼저 미치고 싶다.

엉엉 울고 싶다
사람들이 나를 울게 만들기 전에
내가 먼저 통곡하고 싶다.

기억의 뇌세포를 하나하나 꺼내서
발로 하나하나 짓누르고
나를 버리고 나를 잊는다.

자코메티

자코메티의 조각들을 가슴에 안고
자크 프레베르의 시들은 갈기갈기 찢는다.

보르헤르트의 배신감을 두 손으로 보듬고
멘델스존의 사치한 오선지를 불태워버린다.

고통은 예술의 필요조건이 아니라고 한
살바도르 달리의 초상화는 칼로 베어버린다.

이렇게 외치는 보들레르의 알바트로스에게
슬픈 목소리로 처량한 독배를 권하고
나도 그 안에 내 인생을 그만 빠트린다.

눈빛

밤바람이 살결을 파고들고
어두운 하늘은 금방이라도
내 마음에 내려앉을 듯…

사람을 찾는 내 눈빛은
어느새 바다가 되어
하늘을 나른다.

오늘과 내일

새벽 3시 30분이다.
머리에 들러붙은 불안과 두려움이
아무리 몸부림쳐도 떨어지지 않는다.
달콤한 잠에 포근히 빠지고 싶은
내 바람은 몸 구석구석을 뒤져도 보이지 않는다.

이제 곧 동이 튼다.
하루가 완전히 가고
새로운 하루가 시작되려
태양이 꿈틀하기 시작한다.

야야, 일어나라.
오지 않을 잠을 기다리지 마라.
기다리다 지친 몸을 이제 그만 일으켜라.

태양이 올라오지 못하게
새로운 하루가 시작되지 못하도록
태양이 뜨지 못하게 하라.

어둠이 세상을 뒤덮고
모든 사람들이 불안과 공포에 꼼짝 못하도록 하라.

그리고 절대로 내일이 오는 것을 막고
끝까지 오늘을 붙들고 놔주지 마라.

나와 너

나는 내가 될 수 없고
너는 너가 될 수 없고
나는 너가 될 수 없고
너는 내가 될 수 없다.

우리는 너를 생각할 수 없고
우리는 나를 생각할 수 없다.

나와 너 2

나는 나일 수밖에 없고
너는 너일 수밖에 없는데
나와 너는 왜 우리를 찾는 걸까…

나는 아무리 해도 너일 수가 없고
너는 아무리 해도 나일 수가 없는데
나와 너는 왜 우리를 기다리고 있는 걸까…

나와 너 3

네가 내가 될 수 없음은
내가 네가 될 수 없음은
너무나도 멀리 있어서가 아니라
너무나도 가까이 있기 때문이다.

내 이름

하얀 종이에
내 이름 석 자를 적어 본다.

놀란 나의 마음은
내 이름 석 자 적힌 종이를
갈기갈기 찢어버린다.

찢겨진 종잇조각 사이사이로
보이는 내 이름 석 자의 조각조각에
내 마르지 않는 눈물이 적셔진다.

그래도 가야지

이 모든 짐에서 벗어나면 얼마나 홀가분할까…
이 모든 사람들로부터 멀어진다면 얼마나 자유로울까…
이 모든 인연이 끊어진다면 얼마나 고독할까…

사람들 사이에 사람들 없는 섬을 만들려고 하는,
갈 곳 없으면서도 발걸음을 움직인
나의 허망한 마음은
어디에 갖다 놓아야 하는 걸까…

이 삶이 왜 이리도 지겨울까…
이 사람들이
내가 아는 모든 인간들이
왜 이다지도 보기 싫고…

모든 것을 다 버리고
아무도 날 모르는 곳으로
아무도 내가 모르는 곳으로
훌쩍 떠나가고픈 마음은 어디에서
나오는 걸까…

그래도 가야지.
부르르 떠는 심장을 부둥켜안고
사람들이 걸어간 발자취를 따라
사람들이 따라오는 길을 앞장서
한발 한발 내딛어야…

그게 어딘지 모르지만
그곳에 무엇이 기다리고 있는지 모르지만

모르는 만큼 절망하고
모르는 만큼 희망하고

그렇게 앞으로 가야 한다.

불

불을 끈다.

불을 꺼라.
창 너머 요란하게 울리는 가로등 불빛마저도 꺼라.

불을 꺼라.
다 타들어간 성냥개비 끝에서 죽어가는 불씨마저도 꺼라.

불을 꺼라
동틀 무렵 홀로 존재감을 잃고 있는 촛불도 꺼라.

불을 꺼라.
뜨겁던 심장에 붙은 마지막 불마저 아쉬움 없이 꺼라.

어디까지일까…

살가죽을 한 꺼풀 벗겨낸다.
내가 아닌 나를 삭제하기 위해…

쓰라린 고통을 참아내며
세상 때 묻은 사람들의 추잡한 흔적에
색바랜 나의 살갗을 떼어내면

시뻘건 살점이 어색한 춤을 추며
나의 삶에 울고 있다.

하지만 어디까지가 나이고 어디까지가
내가 아닌지 알 수가 없다.
또 한 꺼풀을 벗겨봐야 한다.

어디까지일까…
뼈가 삐죽 나올 때까지
살점들을 다 떼어내야 하나…

우리들

이 세상에 이리도 슬픔이 가득한 것은
너와 나 때문이다.

술 한 잔에 세상을 논하고
다시 술 한 잔에 너와 나를 이야기하고
다시 술 한 잔에 세상 사람들 이야기하고

내가 너를 모르고
너도 나를 알지 못하는데
이 세상이 이리 슬플 수밖에 없는 것은
그래서 우리들 때문이다.

사랑이 오네

사랑이 오네.
사람들 텅 빈 마음속에
사랑이 행복을 곁두르고
사랑이 가련히 오네.

사랑이 지네.
사람들 웃음 뒤로 하고
사랑이 울음을 움켜잡고
사랑이 주룩주룩 지네.

사랑이 가네.
사람들 약수터 고개 넘어
사랑이 다 닳은 짐을 내려놓고
사랑이 말없이 가버리네.

과거

잭을 꽂아도 소리가 들리지 않는
낡은 헤드폰을 머리에 올려놓고
소리 없는 음악을 듣는다.

늙어서 어루만져줘야
겨우 잡음만이 들리는
헤드폰에 내 두 귀를 맡기고
나는 뭔가를 들으려고 한다.

노래 한 구절에 내 외로움을 안기고
노래 또 한 구절에 내 절망을 맡기고
노래 또 한 구절에 내 희망을 죽인다.

이제 들리지도 않는 노랫소리에,
늙은 몸뚱아리에 작별하고
아득한 과거로 돌아가
밥 먹으라고 엄마가 외칠 때까지
어두워 잣이 보이지 않을 때까지
나는 과거의 나와 잣치기를 하고 뛰어다니고 있다.

노을

지는 해의 저녁노을도
더 이상 붉은 기가 보이지 않는구나.

어둠에 젖은 나의 몸에도
더 이상 피가 흐르지 않는구나.

두 눈동자에서는 핏물만이 흘러나올 뿐…

바닥에 주저앉아 오지 않을
내일을 기다리며
창백한 내 하얀 얼굴이 부끄러
두 손바닥으로 애써 가리운다.

골목길

평생 내가 들킬까 봐
누가 나의 속살을 들추어볼까
두려운 마음에 죄지은 듯한 마음에
그렇게 숨어서 골목길을 헤매고 다녔다.

두번째 이야기

진실

진실을 찾지 마라
다 거짓이다.
어디에도 진실은 없다.
유일한 진실은 진실을 찾기 위한 노력일게다.

한 사나이의 옆모습

지는 석양빛을 어깨에 지고
어둑어둑 산을 뒤돌아 내려가는
한 사나이의 뒷모습을 쳐다봅니다.

당신의 존재를 믿지는 않았지만
당신을 믿는 사람보다
더 당신처럼 살려고 했던 사람이
이제 당신과 당신을 믿는 사람들을
뒤로 한 채 멀리 떠나려 합니다.

차가운 돌부리에 잠시 기대앉아
밀려오는 어둠을 바라보는
한 사나이의 옆모습이 보입니다.

당신을 한없이 기다리다
당신이 오지 않는다는 사실에,
공허한 기다림에 마침표를 찍은 사람이
이제 누구의 손길도 찾아볼 수 없는
어딘지도 알 수 없는 칠흙 같은 어둠 속에서
더 이상 길을 찾지 않으려 합니다.

내가 간절히 찾을 때
싸늘하게 외면한 당신을 잊고
당신을 희망하다 멍든
내 어리석은 심장을 외투 속에
속절없이 가리우고
그냥 앉아 갑니다.

선착장

잔뜩 내려앉은 어둠 속
적막한 바다마저 움직이지 않는다.
휘청거리는 몇몇 하얀 나룻배들…
손님 하나 없는
횟집가게들의 낡은 불빛들만이
항구 냄새를 풍기고 있을 뿐이다.

멀리 물살 사이사이로
들려오는 뱃사람들의 아련한
사는 이야기 소리,
사람 없는 선착장에 매어있는 배들을
홀로 시멘트 바닥에 앉아서
우두커니 바라보고 있는 사람,
어둠을 따뜻하게 밝히듯
마지막 손님을 환대하며 정성스럽게
대접하는 가게 아저씨와 강아지들 그리고 어린 소녀.

그들의 손을 잡고
늦은 저녁 항구의 바람을 녹이고 싶은데

철렁철렁거리는 바다의 유혹은
달빛도 잃은 어둠의 길에서
심장을 요동치게 한다.

신과 신자

신이 있다면 그 신은
나를 그의 계획에서 제외시켰나 보다.

피부가 벗겨지는 고통이 와도
손톱이 빠지는 아픔이 와도
칼로 수 백군 데를 찔려도

나는 가지 않는다.
교회도 성당도 그리고 절도.

사람들은 일주일의 죄를 사해 받고
돌아서, 자신을 위해 거짓과 배신을
하루의 일과에 집어넣는 데
거리낌이 없다.

부럽다.

그렇게 의지할 대상이 있고
죄를 주기적으로 용서받고
다시금 가벼운 마음으로
또 죄를 부담 없이 저지르는
그들이 마냥

부럽다.

나를 찾아서…

나를 누르는 내가 밉다.
나를 숨기고 있는 내가 지겹다.
어떤 게 나인지 아무도 모른다.

나는 이제 내가 누군지 모르겠다.
나는 이제 여기가 어디인지
내가 여기서 뭘 하고 있는지 알지 못한다.
내가 나를 찾는데 내가 나를 찾지 못하겠다.

세상 벌레

사람들은 외로운 척하지 않기 위해
사람들과의 술 한잔에 외로움을 다 버리고

사람들은 슬퍼하지 않으려고
이미 희망을 버린 지 아득하고

사람들은 분노나 배신감을 느끼지 않기 위해
먼저 배신하고 먼 남이 되어 사는 것을…

나는 외로움에 사람을 찾다가 지치고
나는 슬픔에 서러워 삶을 놓으려 하고
나는 분노에 복수를 마음속에 가득 담는다.

이제 다 갉아 먹힌 내 몸뚱아리 안에는
세상 벌레들만 가득하구나.

설레임

줄리앙 소렐이 남편 옆에 앉아 있는
레날 부인의 손을 살며시 잡는 짜릿함에
아직까지 내 심장은
한창 물들은 가을 낙엽처럼 더욱 빨개지고
어선 바닥에 갓 잡혀 온 생선처럼 펄떡이는데…

세상을 거부해 몸뚱아리가 자라지 않는
양철북의 오스카처럼
나의 마음과 정신은 1미터도 되지 않아
사람들의 얼굴이 보이지 않고
사람들의 목소리가 들리지 않는다.

누구인지도 모르고
오지도 않는 고도를 기다리는
에스트라공과 블라드미르처럼
세상은 이해해서도 혹은 기대해서도 안 되는 것을…
나는 왜 또 잊고서 그들처럼
동상처럼 바닥에 앉아 꿈쩍도 하지 않고
어디로 가려고 하는 걸까.

물어보기

교회에 가고 싶다.
성당에 가고 싶다.
절에 가고 싶다.
그리고 묻고 싶다.
여기가 뭐 하는 곳인가요?

목사님에게 가고 싶다.
신부님에게 가고 싶다.
스님에게 가고 싶다.
그리고 묻고 싶다.
당신은 여기서 뭐 하시는 건가요?

교회 신자에게 다가가고 싶다.
성당 신도에게 다가가고 싶다.
절의 신도에게 다가가고 싶다.
그리고 묻고 싶다.
여기는 뭐 하러 오셨나요?

세상

세상을 모르고 지나가려는데
세상이 날 가만히 두지 않는다.

잠

눈을 감으면 잠이 오는 걸까…
잠이 와서 눈이 감기는 걸까…

사랑

나는 너를 사랑하지도 않고
나는 너를 버릴 수도 없고…
내 조그만 가슴 안에
나와 네가 함께 세월을 이고 간다.

낡은 화장터 굴뚝으로
잠깐 보이고 사라지는
내 육신과 영혼의 흔적이
바람에 갈기갈기 찢어지고 나서야
난 너를 버릴 수 있겠지…

그때까지는 난 널 사랑할 수도
버릴 수도 없다.

다들 그게 인생이라고 한다.

공모

정치하는 사람들의 두 입술은
폐기 처분된 늙은 창녀의 벌어진 가랑이보다 추하고

정치하는 사람들의 입에서 나오는 숨결은
임질 걸린 노숙자 좆밥보다 더 역하다.

그 추하고 역한 정치인들의 횡설수설에
우리는 가랑이를 쫙 벌리고 욕망을 채워보려 한다.
그리고 신성하다고 세뇌당한 우리들은
어느 가랑이가 어느 가랑인지도 모른 채
도장을 찍고 그들과 공범이 된다.

언제나 그렇듯
후회는 물밀듯이 밀려오고
그리고 4년을 40년같이 느끼며
익숙한 쳇바퀴를 돌고 돈다.

하나하나

하나하나 살아온 길들은
돌돌 동아줄로 말아서
내 목을 거기에 건다.

하나하나 만난 사람들과의 추억은
갈기갈기 찢어서 거기에
내 마음도 찢어 넣는다.

하나하나 부딪혀 온 세상 모습은
그리움과 아쉬움으로 예쁘게 포장해
동아줄에 내걸린 내 두 눈을 가린다.

낡은 풍경

내가 철없이 놀았던 골목길에 앉아 있다.
그때로 돌아가고 싶다.
수십 년이 지났지만 아직도
그 골목 그대로 있는
낡은 풍경 속에 나를 억지로 집어넣고 싶다.

주변 모두를 잃고 이젠
내 사지도 잃을 것 같은 나
미치도록 홀로임에 눈물이
절로 흐르는 순간순간…

이제 그만 내가 예전에 살던 곳으로 가고 싶다.
세월을 만나지 못한 듯
하나도 변하지 않은
그 조그만 골목길에 가서
옛날 잣치기하며 놀던 그 골목길에 가서
눈물 모르던 그 골목길로 돌아가
그만 편히 쉬고 싶다.

하느님

전지전능하신 하느님은
우리들의 울음소리와
단말마의 고통에서 터져 나오는 절규를
보지도 않고 듣지도 않으신다.

자비로우신 하느님은
오직 당신만을 믿으라며
당신을 따르다 죽어가는
수 없는 생명들을 신경 쓰지 않으신다.

당신 때문에 자식을 잃고
미쳐 거리를 헤매는 여인네들,
죽은 지도 모르고
엄마 가슴에 안겨서 울고 있는 아이들이
세상을 가득 채우고 있다.

왜 그렇게 잔인하신가요…
그러면서도 많은 사람들의 우상이 된 하느님은

정말로 역사상 최고의 정치가이십니다.

하느님 2

하느님, 지금 당신은 어디에 계십니까?
어디서 누구와 무엇을 하고 계십니까?
아래 우리 세상을 보고는 계시는 건가요?

숱한 죄를 일상으로 짓고도
일주일에 한 번
당신을 받드는 사람들이 있습니다.

교회 한번 가지 않지만 죄를 짓지 않고
남을 위해 희생하며
나보다 남을 먼저 생각하는
사람들이 있습니다.

하느님,
당신은 지금 어디서 무엇을 보고 계신가요?
지금 어디라도 계시기는 한 건가요?

무엇 때문에 이렇게 사람들의
나약한 마음을 사로잡아
당신의 종으로 삼으셨습니까?

정말이지 당신은 위대하신 지도자이십니다.

아멘.

하느님 3

하느님에 대한 끄적거림이
당신을 찾는 첫 발걸음이라고 하지만
나는 당신을 믿을 수 없는 사람입니다.

두 어깨를 짓누르는 참기 힘든 고통에
아니면 이미 당신의 품에 안겼겠지요…

당신에게 글을 쓰고
아베 마리아를 들으며 눈물이 흐르는 것은
당신을 찾는 행위가 아닙니다.

아, 그레고리안 찬트를 듣고 싶네요…
인간의 목소리보다 더 아름다운 악기가 있을까요…

이런 아름다운 소리를 낼 수 있는 인간이,
서로 마음을 열고 믿으면
아름다운 세상을 만들 수 있는 인간들이

왜 당신을 만들었을까요…

영원히 풀리지 않는 수수께끼이네요…

모닥불

모닥불 피워놓고
차디찬 가슴에 비수를 꽂고
그리운 사람들로 가득 찬 가슴을 열어젖힌다.
눈물방울 맺힌 그들의 사진을 하나하나 꺼내
모닥불에 태워버리고 타고 남은 재를
발로 비비면서 그리움도 짓이겨버린다.

모닥불 피워놓고
이 빠진 녹슨 칼날 위에
눈물 몇 방울 떨어트려
나를 지워버리고
어디 이슬 낀 바윗돌이라도 집어
그 위에 무딘 칼날을 간다.

아, 지금이 어디일까?
난, 홀로 어디까지인지 모를 걸음을 걷고 있다.

최후의 날

어제도
사형수 최후의 날,

오늘도
사형수 최후의 날,

내일도
사형수 최후의 날,

언제쯤 이 지루한
최후의 끝이 끝날까…

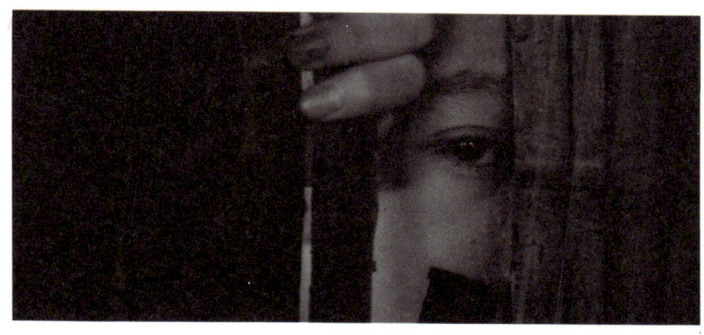

세상의 광기

그대 눈 안에 머금은
세상의 광기가 그대 심장을
불태우는구나.

검게 그을린 심장에 남겨진
창백한 미련이 그대 세상을
미치게 하는구나.

옆 사람이 보이지 않을 정도로
내가 누구인지 모를 정도로
미쳐버린 세상이
그대를 참수하고
나의 목을 비튼다.

바다

나는 뭍을 떠나 포근한 바다에
몸을 맡기는 끝없는 꿈을 꾸고 있는데
파도야, 넌 하얀 포말을 입에 물고
뭐가 아쉬워 뭍으로 자꾸 오느냐…

여기 어디?

내가 왜 여기 누워있을까…
차가운 강철판 위가 너무 춥다.
옷은 다 벗겨지고 베개도 없고
흰 천이 나의 가슴까지 가리고 있다.

옆을 돌아다 봤다.
창백한 얼굴들의 사람들이
나 같이 흰 천으로 덮은 채 말없이
아무 걱정 없는 표정으로 누워있다.

의사가 다가온다.
날카로운 메스를 들고 내게 다가와
칼로 어깨부터 시작해서 Y자로
내 몸을 가르고 있다.

마취도 하지 않은 것 같은데
아프지도 않고 아무 감각도 없다.
그가 내 껍데기를 펼쳐대더니
이리저리 내 내장들을 들춰본다.

부끄러움에 그만 덮어달라고 말을 하는데
그도 듣지 못하고 나도 들리지 않는다.
난 그가 보이고 뭘 하는지도 아는데
그는 마치 내가 없는 것 같이 행동한다.

나는 아프지도 않고 아무런 느낌도 없다.

괴물

내 몸 안에 괴물이 만들어지고 있다.
사람들과 나의 공동작품인 낯설은 괴물이
나를 밀어내고 내가 되려고 한다.

내 마음

잡을래야 보이지도 않고
만져지지도 않은
내 마음을 어쩌리오.

산 위에 올라가 보기도 하고
바다에서 헤매이기도 하고
땅속을 파보기도 하지만…

그 어느 곳에도
내 마음을 찾을 수가 없구나…

시간

집에 홀로 누워 지나가는 시간을 본다.
나를 거들떠보지도 않는 시간을 보면서
지그시 눈을 감고 다시 오지 않는
지나간 시간들을 만져본다.

태양

아침 해가 진다.
언제 그랬냐는 듯
떠오르는 태양도 힘겨운 듯
세상을 놓고 돌아선다.

오늘

내일이 올지 말지 모르는 자의
오늘은

어제가 있었나 꿈을 꾸고 있는 듯한
오늘보다

더 달콤하고 흥분된다.

창문

아파트 창문을 지나
아파트 창문 안에 사람이 보인다.
그 사람이 나를 바라다보는 듯
내가 그 사람을 쳐다보는 듯.

나는 내가 아닌 것 같고
그 사람이 내가 된 것 같다.
아파트 창문에 있는 그 사람은
누구이고 어디에 있을 거나…

나는 누구?

나는 있는데
내가 없다.

나는 있는데
내가 누구인지 모르겠다.

나는 있는데
내가 왜 있는지 모르겠다.

나는 있는데
내가 어디에 있는지 모르겠다.

나

내가 세상인데
나는 세상이 아니다.

나 2

그리고 싶다.
나를 그리고 싶다.
내가 아닌 나를 그리고 싶다.

그리고 싶지 않다.
나를 그리고 싶지 않다.
내가 아닌 나를 그리고 싶지 않다.

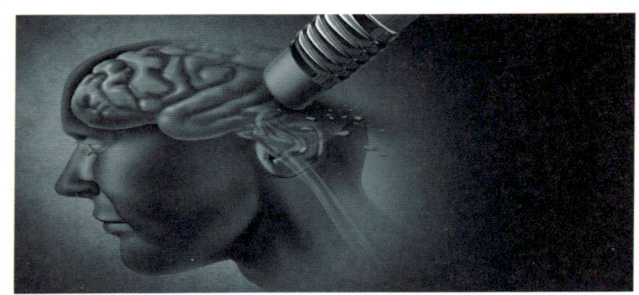

거울

지나다 거울 속 나를 바라봅니다.
내가 모르는 사람이 나를 쳐다봅니다.

다시 거울

지나가다 마주친 거울에
하루 치 타살당한 내 모습이
보입니다.

거울 속의 내 모습을
누가 볼까 두려워
사람들 속에 숨습니다.

투벅투벅 가는 시간에
내 몸뚱아리는 지글지글
타들어갑니다.

내가 아닌 나를 보고 놀라
시간 위를 걷는 사람들을 봅니다.
그들이 이제는 나를 바라다봅니다.
놀란 나를 보고
타들어간 나를 보고
그들이 뒷걸음질 치며 나를 외면합니다.

거울 속 나

거울 속에 있는 사람에게
인사를 건넨다.
거울 속의 그 사람도 나에게
인사를 건넨다.

나와 그 사람은
그렇게 인사를 나누고
서로 보이지 않는 곳으로
서로의 길을 걸어간다.

그리 걸어가다 문득 돌아서
뒷모습만이라도 보고 싶은 사람,
하지만 돌아서 보면 어느덧
아무도 보이지는 않는다.

우리 이렇게 가면
언제 어디서나 볼 수 있을까…

거울 속의 나 2

한 사람이 거울 앞에 앉는다.
쇠톱으로 두개골을 열고
지나온 모든 기억들을
송곳으로 하나하나 으깨고 있다.

한 사람이 거울 앞에 앉아 있다.
날카로운 메스로 심장을 도려내어
슬픔과 아픔을 따로 꺼내서
손에 쥐고 다 터트린다.

한 사람이 거울 앞에서
사람들이 알고 있는 모든 것을
세상과 부딪히며 물든 모든 것들을
하나하나 영구삭제를 하고 있다.

한 사람이 거울 앞에 있다.
그런데 아무것도 보이지 않는다.
살점도 뼈도 하나도 없어져
거울 속의 그대는 흔적도 없이 사라지고 말았다.

기대

기대하지 마라
숨 가쁘게 펄떡이는 심장이 멈춘다.

기다리지 마라
벌겋게 달아오른 두 눈동자가 시려진다.

희망하지 마라
고통의 십자가가 네 가슴을 가를 것이다.

꿈

난 내 꿈을 이룬다.
오로지 나의 꿈속에서만.

신

신은 죽었다?
니체가 틀렸다.

신은 죽을 수가 없다.
원래 존재하지 않으므로.

강바닥

강바닥에 누워
고요한 적막함에 몸을 기대본다.
물속에 내가 너를 보는 건지
너희가 물속의 나를 부르는 건지…

이제 강바닥을 손으로 파본다.
지나가는 것이 강물인지
내가 강물에 떠도는 것인지…
그래도 강물은 멈추지 않고
나를 넘어 흘러간다.

두 무릎이 내 가슴에 닿아
동그라미 속에 터진 심장을 감싼다.
심장의 핏물이 흐트러져 강물을
붉게 물들인다.

강바닥에 누워
붉게 강물에 녹아드는
내 핏물을 보고

희끗 강물에 퍼져 가는
내 영혼을 보고
나는 강바닥에 누워 있는다.

담뱃불

주차장 허름한 담벼락에
쭈그려 앉아
담배를 물고 두 사람이
현실을 울고 있다.
짙은 어둠이 몰려오고 있는데
그들의 담뱃불은 희미하기만 하다.

잔상

지우고픈 과거의 잔상들이
불쑥
내 기억 속에 끼어 들어와
나를 부른다.

지워도 지워지지 않는 나를…

간통

문득,

멀리 들려오는 종탑의 종소리에
내 부끄러운 몸뚱아리를 맡기고 싶다.

세상에 윤간을 당하고
나는 지금
교회와 간통을 하려 한다.

세번째이야기

죽음 그리고 소녀

▮ 세상에 나 홀로 있어

세상에 나 홀로 있어
아무도 보이지 않기에
내가 홀연 없어진들
누가 있어 슬퍼하고 누가 있어 울어주리.
그냥 말없이 떠나려고 해도 떠날 것이 없구나…

세상아 안녕
정녕 다시 올 수 없는 길을 가는 이의
처량한 눈물 한 방울 받아 놓을 자리는 마련해주오.
누가 알랴
혹 날 아는 이 내 남긴 눈물에 눈물 흘려 줄지…

한 여인

낙엽이 온 땅을 뒤덮은
한적한 숲속의 바위에 한 여인이 홀로 앉아 있다.
헐벗은 가지만 남은 나무들 사이로
푸르른 하늘은 여인의 슬픔을
다 담을 정도로 짙푸르게 내리쬐는데…

바람 따라 날리는 그녀의 슬픔 조각들을
얼굴에 맞으며 난 그녀 곁으로
낙엽을 밟으며 다가간다.

슬픔을 다 날려버린 그녀는
나의 낙엽 밟는 소리와 함께
그녀의 육신마저 다 날아가 버린다.

이제 난 그녀의 해골을 가슴속 깊이 부둥켜안고
푸른 하늘을 피해 슬픔도 없고 고통도 없는 곳으로
아무도 우리를 찾을 수 없는 곳으로 간다.

삶의 무게

한 영혼이 울고 있습니다.
한 영혼이 지나온 흔적을 다 지우지도 못하고
한 영혼이 살아갈 순간을 다 채우지도 못하고

이제 그만 무거운 삶의 무게를 내려놓고
아무도 갔다 온 적이 없는 나라로 가려 합니다.
가려 합니다.

가려 합니다.

새벽

새벽이 깬다.
서둘러라 어둠아 죽음아,

저주스런 환한 아침이 오기 전에
어서 와라 어둠아 죽음아,

내 이성의 생각들이 날 노예로 만들기 전에
달려와라 어둠아 죽음아,

깨진 유리창으로 갈라진 내 복부의 피 흘림이
이 세상의 아침을 맞이할 것이다.

내 무덤가에서

나는 매일 밤 어두운 공동묘지에 가서
곡괭이를 어깨에 지고
내 무덤을 찾는다.

무슨 미련 때문에
아직 남아 있을 살점부스러기 몇 조각과

무슨 아쉬움 때문에
변치 않고 남아 있는 뼈들을 찾아

아무도 모르게
난 묘지 속을 헤매고 다닌다.

▌욕심

계단을 뛰어 넘고 싶다.
아직 한계단 한계단 천천히 밟아 가야 하는데
마음은 나를 재촉한다.

그냥 뛰어넘고 싶다.
천 길 낭떠러지에 떨어져
이 세상과 아듀를 하더라도 말이다.

돌아갈 수 없는 길

엄동설한, 장갑을 낀 것도 모자라
바지 호주머니에 두 손을 꼭꼭 숨겨 걷던 어린 시절,
친구들과 얼음 위에서 놀던
그래서 역시 꽁꽁 얼어붙은 아련한 추억을 깨본다.
그 얼음 위로 가본다.

어린 시절에 얼어붙은 내 마음을 깨보려 한다.
이제 세월을 탓할 나이가 되어
시계바늘의 차가움에
손가락 마디마디가 잘려나간 채
나는 장갑도 없이 그 얼음 위로 간다.
너덜너덜 살점이 붙어있는 손가락으로
아직도 피가 마르지 않은 마디마디로
얼음 위에 무릎 꿇고 얼음을 탓해 본다.

내 심장과 폐에 남아 있는
그리고 내 내장 곳곳에 남아 있는
따스한 온기를 다 꺼내서
두껍게 얼어붙은 얼음을 깨본다.

그리고 이미 싸늘하게 얼어 죽어 있는
물고기 한 마리를 꺼내
나의 자식인 양 서럽게 가슴속에 깊이 안고
나는 물을 원망하며 또 다른 얼음 위를 걸어간다.

죽음과 소녀

좁은 방 천장을 바라다본다.
조그만 오디오에서는
슈베르트의 〈죽음과 소녀〉의
절규하는 소절이 흘러나온다.

난 볼륨을 최대한 늘려
한 뼘 방 가득 그 선율로 채운다.
그리고 상상한다.

그 선율들이 내 몸을 휘감고 파고들고
내 목을 졸라 아름다운 선율과 함께
이 세상에 아듀할 수 있기를…

▌죽음과 소녀 2: 릴케를 생각하며

한 소녀가 어두운 밤에 꽃 한 송이를 들고
무덤가 한 비석, 죽음 앞에 무릎 꿇고
밤새 눈물방울을 꽃에 떨어트리고 있다.

꽃에 떨어진 눈물방울이 떨어지지 않도록
그 소녀를 내 두 팔과 가슴에 안고
무덤가를 나온다.

그리고 그 소녀의 무덤가에
비석을 세우고 눈물조차 마른
꽃 한 송이를 갖다 놓는다.

▌죽음과 소녀 3 다시, 릴케를 생각하며

하얀 웨딩드레스를 입은 어여쁜 신부가
두 손에 꽃을 들고
사람들 사이로
수줍게 행복을 나누어줍니다.

이제 난 신부의 시든 부케를 들고
관속에 하얗게 누워있는
그녀의 가슴 위에 올려놓고
사람들 사이로
가녀린 슬픔을 흩뿌립니다.

눈물 맺힌 꽃 한 송이

가슴을 절개하고
떨리는 손으로 뜨거운 심장을 꺼낸다.

차가운 땅을 파고 또 파고
땅속 깊숙이 아직 펄떡거리고 있는 심장을
두 눈 감고 묻는다.

이제 눈물 맺힌 꽃 한 송이 내려놓고
돌아서 나는 세상 밖으로 나간다.

죽음 그리고 소녀

작은 꽃 한 송이

지나다 작은 꽃 한 송이에
내 작은 마음을 살짝 얹혀 놓고
다시 오지 못할 길을 걸어가고 있다.

돌아서 내 마음을 쳐다보고 싶다.
달려가서 보듬어 주고 싶다.
힘들게 나를 지금까지 지탱해준
고마움을 지겹도록 비비고 싶다.

하지만 나는 돌아볼 수가 없다.
이제 내 안에 내 마음은 더 이상 없기 때문이다.
어떤 길이 앞에 나올지 모르지만
난 아무 생각 없이 길이 있는 길로
바보같이 웃으면서 가야 한다.

밤과 죽음

밤은 소리 없이 나를 둘러 에워싸고
어둠은 말없이 나의 목을 조이는데
손발이 묶인 사람처럼
나는 아무 말도 아무 소리도 낼 수 없다.

이렇게 하루의 나는 죽어가는데
아무것도 해놓은 것 없이
그저 시간 속에 두둥실 떠다닐 뿐이다.

24시의 종소리는 내 숨통을 끊어놓을 텐데
시침에 온몸을 매달고 지금을 멈추고 싶지만
아무리 몸부림쳐도 매일매일
하루분의 나는 그냥 그렇게 죽어간다.

밤이 무서워 이젠 그립다.
밤이 지나고
하루 치의 희망도 마음속에 갖지 못하는
내 절망과 매일 만나는 것이
너무 두렵고 무섭다.

▌밤하늘 별

밤하늘에 빛나는 숱한 별들 중에
지금 이 순간에도 살아 있는 별들은 몇 개나 될까…
수많은 별들이 죽어가고 또 태어나는데
우리에겐 그저 똑같은 별들로 보일 뿐…

이미 죽은 별을 보면서
세상 희망을 빌고, 기도를 하고
다시금 흩어진 자신을 주워 모아
힘들게 몸을 일으킨다.

아무 말 없이 이미 죽은 별들처럼
그들은 곧 다가올 순간을 모른 채
술잔에 죽은 별의 희망을 담아 한 잔 마시고
세상을 움켜잡고 노래 부른다.

세번째 이야기

힘찬 노랫소리는
어느덧 세상 떠나는 이의
슬픈 곡소리가 되어 버리고
마지막 술잔만이
주검 옆에서 그를 지키고 있다.

밤하늘엔 오늘도 별들만 무성하다.

밝은 아침

나는 고층 건물 옥상 모서리에 걸터앉아
그대들의 행복을 멀리서 부러워하면서
그대들과 내가 뭐가 다른지
정답을 끝내 찾지 못하고

그대들과 함께하기 위해 그대들 속으로 뛰어내린다.

세상이 밝아왔다.
한 이름 모를 인간의 주검은
어느덧 하루의 일상이 되어버리고

다 터져버린 나의 뇌 조각들은
무심한 구두와 힐 그리고 운동화 사이에 끼어
어느새 다 사라져버리는데

나의 일부를 갖고 있는 그대들은

나의 일부를 갖고 있는 것도 모르고

그냥 또 다른 활기찬 하루를 어서 맞이할 뿐이다.

구멍

구멍이 보인다.
검은 구멍이다.
그 안에 무엇이 들어있을까…
돈이 들었을까 아니면 보석이 들어있을까…
아니면 쥐가 있어 손을 넣으면 나를 꽉 물까…

구멍 안을 본다.
시뻘건 구멍 안에 물이 새는 것 같다.
그 안에 무엇이 들어있을까…
내가 가질 수 있는 게 들어있을까…
내가 가질 수 없는 게 들어있을까…

구멍 안에 손을 넣어본다
구멍 안이 비좁고 축축하고
온갖 추악한 인간 비린내가 난다.
다 젖은 손을 꺼내고
땀을 뻘뻘 흘리며
옆의 땅을 파서 구멍을 막아버린다.

다시는 아무도 들어오지 못하게
단단히 막고 내가 죽을 때까지
앉아서 지켜봐야겠다.

구멍이 꽉 막혔다.
기웃거리던 사람도 그냥 가고
어떻게든 들어가려던 사람도 그냥 간다.

이제 난 성공했다.
더 이상 구멍을 볼 사람은 없고
이게 다 끝이다.
내가 끝이다.

내일

내일이 온다.
또 다른 하루가 시작된다.
어떤 이는 놀러 가고
어떤 이는 하느님께 뇌물을 바치고
또 어떤 이는 세상을 울며
긴 주말을 보낸다.

오는 내일이 무섭다.
바삐들 움직이는 또 한 주의 시작은
또다시 이 세상과의 마주침은
가슴에 무거운 닻을 얹혀 놓은 듯
숨은 점점 거칠어지고,
어둠 속에 있다가
갑자기 태양을 바라볼 때처럼
현기증이 난다.

하지만 내일은 오지 않을 게다.
내 두 팔목을 잘라 시계 침에 올려놓으려다.
내 몸의 모든 피를 뽑아서

밝아오는 온 하늘을 검붉게 칠하련다.

그리고 성경책과 불경, 코란을
이젠 피도 흘리지 않는 팔목 없는
팔로 안고서 눈물을 흘리며
기도하련다.

오늘이 마지막이 되어달라고.

가고 싶다

아직 살아야 할 날이 얼마나 남았을까…
아픈 이별의 말을 전하고, 아니면
아무런 말도 없이
가버리거나 그렇게 가게 될 때가
아직 얼마나 남아 있을까…

불치병에 걸려 시한부 인생을 사는 사람은
얼마나 행복할까…
자기가 해야 할 일과 하지 말아야 될 일을 미리
세울 수 있으니 말이다.

오늘 밤에 올 수도 있고
30년 후에 올 수도 있는 죽음 앞에서
더 이상 살고 싶지 않은 사람은
어찌하란 말인가…

아, 가고 싶다.
산 사람들이 없는 곳으로 가고 싶다.
아무도 없는 곳으로 그냥 가고 싶다.

매일 불에 타는 고통을 겪는 지옥이라도…

가고 싶다.

눈물

술 한 잔에 나를 바꾸고
술 두 잔에 나를 버리고
술 석 잔에 나를 죽인다.

그리고 술잔에 떨어진 내 눈물을 보고
나의 주검에서 또다시 눈물이 흐른다.

아쉬움

그리운 이여 아쉬워 하지 마라.
아쉬워하다 그리움마저 없어질 때는
너무 슬프지 않겠니…

다만 지금 여기 없을 뿐
너희들 모르게 마음 한구석에
내 사진을 하나씩 넣어주마.

죽음

죽음은 그냥 잠드는 것뿐인 걸
단지 일어나지 않을 뿐인 것을…

아무도 알아주지 않는 세상에 무슨 아쉬움이 많아
아무도 기억해주질 않는 세상에 무슨 서러움이 많아

죽음이 한 걸음 한 걸음 내게로 다가와
달콤한 속삭임으로
나를 최면걸 때마다
왜 내 두 눈에서는 눈물이 나는 걸까…

남은 시간

내게 남은 시간은 얼마일까.

난 이미 뭍에서 헐떡이는 한 마리 물고기.
아가미로 아무리 숨을 쉬려 해도
다시 물로 돌아가려 요동을 쳐대도
몇 가닥 물기만 젖은 배 바닥일 뿐…

가쁜 숨을 몇 번 몰아 쉬며 세상 미련 다 토해내고
이제 마지막으로 큰 한숨 쉬며 숨을 끊는다.

아무도 아쉬워하지 않는 죽음을 맞이하련다.

어둠

어둠이 날 누르고
사람들 시선이 날 파먹고 있는데
내 몸뚱아리와 내 살점들은
아무리 찾아도 없다.

그대는 왜 날 거부하고 날 토막 내고
나의 검푸른 핏덩어리를 먹으며
이 세상에서 날 쫓아내려 하는가.

나는 간다

내 눈물 한 방울로 이 세상을 적시고
내 미소 한 조각에 이 세상을 담고
나는 간다, 홀로,
다시 올 수 없는 길을 따라…

어둑어둑한 초저녁
하루의 일과를 끝냈다는 뿌듯함에
사람들의 어깨는 신이나
술을 벗삼아 세상과 어깨동무하고 가는데
나는 겁먹은 듯 들키지 않으려
그대들의 웃음을 피해서 어둠 속으로 사라진다.

죽음 그리고 소녀

▮ 잊고 가자

칠흙같이 어두운 밤의 별빛은
어두운 마음속에서 다 사라지고

어둠을 밝히는 가로등은
어느새 사람들 숨소리에 힘겨워하고

마지막 남은 내 주변의 촛불들마저
이젠 그리움 속에서나 타고 있을 터…

가자, 다 잊고 가버리자.
호주머니를 뒤집어 남은 세상 티끌 다 털어내고
별이 없는 밤으로 그냥 홀로 가자.

세번째 이야기

죽음의 그림자

촛불을 꺼라.
어둠이 몰려온다.

창문을 활짝 열어젖혀라.
피맺힌 소낙비가 퍼붓는다.

날카로운 메스로 내 가슴을 찢어라.
그리도 기다리던 죽음의 그림자가
편히 스며들 수 있도록…

죽음 그리고 소녀

나의 잠

눈물 가득한 세상아
무엇이 모자라
나를 보자고 했소.

저 언덕 넘어가면
내 찾는 거 있건만
세상아, 왜 내 발길을 잡느뇨.

여기가 그곳이 아니면 어떠리
이 세상아, 이 세상 사람들아
이제 그만 짐을 내려놓고
나의 잠을 청하련다.

세상 피

저 하늘은 푸르기만 한데
이리도 쏟아지는 빗방울은
어느 죽지 못한 이의 한이려나.

살아보려고 짙은 핏방울을
몸 구석구석에 뿜어대는 심장은
사력을 다하는데
이리도 사지가 차가워지는 것은
그리운 이가 하나둘 떨어져 나가는 것일게다.

인간의 심연에 부딪혀 으깨어진
나의 심장은 어느덧 한이 되어
저 하늘은 푸르기만 한데
세상 피를 토하는구나…

어시장

너른 바다에서 어부에 잡혀
어시장 물통 좁은 바닥에서
헤엄을 흉내 내며
죽을 날만 기다리는 물고기들아…
그게 어디 너희들 뿐이랴
나도 너희와 같아
사람들 도시 속에서 절뚝거리며
너희처럼 죽을 날만 기다리는구나.
너희처럼 죽을 때까지 삶을 흉내 내는구나.

마침표

푸른 하늘은 왜 저리도 멀리 있고
빨간 장미는 왜 이리도 빨리 죽어가고
사람들의 소리는 왜 이리도 목을 조여오는가.

내 삶의 희망과 좌절,
누가 쳐다나 볼까…
누가 알아나 줄까…

그냥 멀리서 잠시 세상 모습
사람들 몰래 두 눈에 가득 담고,
떠나지 말아야 할 길을
한 발 한 발 떠 내민다.

내 삶의 어수선함에
그만 마침표를 찍어야겠다.

어느 어두운 날

어둠이 무겁게 심장을 짓누르고
찬바람이 그리움마저 마비시키는데
모르는 사람들의 숨결이 배어 있는
버스 창가 좌석에 앉아 커튼을 젖히고
내가 없는 세상을 본다.

유리로 된 고층 빌딩의 사무실 불빛이
어두운 밤을 부끄럽게 밝히고 있는데
아무리 찾아도 보이지 않는 나의 모습을 보기 싫어
버스 어두운 창가에 무거운 커튼을 치고
세상에서 나를 지운다.

시계

내가 소중하게 아끼던
자명종 시계를 식어버린 가슴에 안고
기찻길 선로에 갖다 놓는다.

파도

다들 잠이 든 가을 저녁
바닷가 모래밭에 홀로 앉아
밀려드는 파도에
내 아물지 않는 상처 하나 꺼내주고
다음 밀려드는 파도에
내 잊을 수 없는 미련을 하나 던진다.

그래 가려무나,
머뭇머뭇하지 말고 멀리
그대 멀리 아무도 찾을 수 없는 곳으로
도란도란 얘기 나누며 떠나려무나.

그렇게 파도가 왔다 가는데…
어느새 또 다른 파도가
왜 내게 또 다가오는 걸까…
내 속을 다 드러내 주는데도
파도의 고집은 꺾이지 않는구나.
나를 데려가려나 보다.
뭍에서 피 흘리며 살아가는 나를
채가려고 저렇게 파도는 끊임없이

나를 향해오고 있다.

바닷모래 위에 비틀거리며 선다.
멀리 또 다가오는 파도의 물살을 본다.
아름다운 물의 유혹에 나를 맡기련다.

오가는 파도를 바라다본들
오가는 파도와 어우러진들
무에 다르리오.

그들과 이제 함께 되어
바닷가 모래에 밀려 왔다
그리고 멀어져가는
뭍에 머무를 수 없는
슬픈 파도가 되리오.

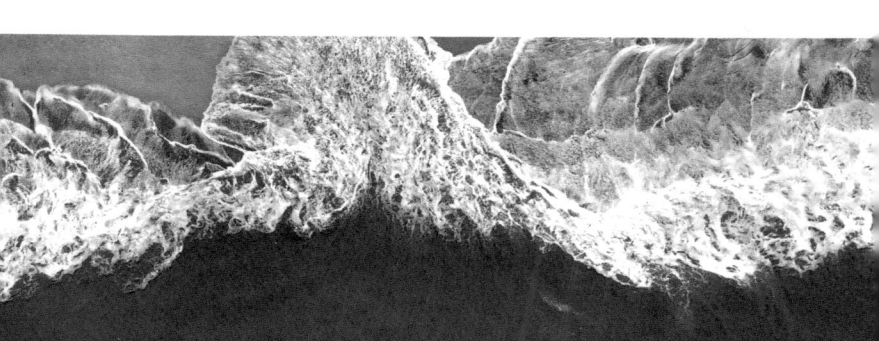

세렝게티의 늙은 사자

늙은 사자 한 마리가
물가 옆에 비스듬히 숨을 헐떡이며 누워있다.
입과 수염에는 흙과 잔돌들이 무수히 묻어 있고
힘들어 내쉬는 가슴에는 앙상한 갈비뼈가 드러나 있다.

강렬한 태양이라도 삼켜버릴 듯한
그의 포효는 물살에 비추는 햇볕에 들리지 않고
백수의 왕으로 위엄을 뽐내던 갈깃머리는
바닥에 깔려 과거를 하나하나 지우고 있다.

죽음을 재촉하는 숨은 더 가빠오고
세렝게티를 호령하던 왕의 동그란 눈에는
슬픔만이 쌓인다.
멀리서 다가오는 하이에나의 무리를 보면서
자기가 지배하던 이들에게 무력하게
자기 살점이 도려내지는 것을 보고 있어야 하는
한 시대의 왕은,
그렇게 슬픈 눈망울로
세렝게티의 짙푸른 하늘을 비스듬히 바라다본다.

물 위에 쏟아지는 햇볕은 아직도 부시고
땅바닥의 온기는 아직도 따뜻한데,
그의 쏟아져 나온 내장의 핏물은
옛 왕의 사지를 타고 흘러 흘러
물가로 아무 힘없이 가고 있다.

작별

가려 해도 가지지 않는 길을
가야만 하는 이의 발자국은
스치는 흔들바람에 풀잎처럼 비틀거리고
들리지 않는 울음소리에 살갗이 피를 토한다.

돌아서려 해도 멈출 수 없는 발걸음은
눈물 몇 방울 적시고 내 목을 밟고 지나간다.

가거라.

다시 올 수 없는 길을 가는 이여
다시 올 수 없다는 설레임을
대나무 숲에 울려 가득 담고서
세상을 작별하라.

더 이상 슬픔과 고통의 한숨을 쉬지 마려무나.

주검

산 사람들이 무서워
죽어 주검이 되었는데
주검을 본 무서운 산 사람들이
무서워 뒷걸음질 치네.

그만

그만 내려주오.
내 숨을 지탱해주는 산소호흡기를
그만 내게서 내려주오.

두 눈에서 하염없이 흘러내리는
식어버린 눈물에
그대 미련을 함께 흘러내려 보내주오.

그만 감아버린 눈에
그만 굳어가는 몸뚱아리에
그대 그만 사랑을 묻어 버려주오.

▍어둠의 무게

밤이 너울거리는 해안가 절벽에 누워
쏟아지는 별빛을 운무에 감추고
나를 짓누르는 어둠의 무게를 이고
다 죽어가는 불빛들을 집어 든다.

울렁거리는 심장을 움켜잡고
어둑어둑 뒷걸음치며
나는 밤보다 짙은 어둠 속에 빠진다.

멀리 헤드라이트 켜고 달려오는 택시가
내 몸 안으로 급하게 빨려 들어온다.
갈매기도 더 이상 오지 않는
해안가 바닷가에는 내 홀로 지고 있는
어둠 만이 이 세상을 알릴 뿐이다.

공개처형

나는 오늘 공개처형을 당한다.
나의 심장을 겨눈 총
그 총으로 나를 조준하는 눈동자들을
보지 않으려 두 눈알을 손가락으로 파낸다.

나는 오늘도 공개처형을 당한다.
나의 사지를 향한 눈
그 눈으로 나를 비난하는 눈동자들을
듣지 않으려 두 귀를 잘라 귀를 막는다.

나는 오늘 또 공개처형을 당한다.
나의 온몸을 감싸는 지나는 바람,
그 바람에 나는 흩날리는 모래가 되어
사람들 속으로 사람이 없는 곳으로
스며든다.

삶과 죽음

죽음이 두려운 자들아,
그대 태어날 때 기쁨을 갖고 세상에 나왔느냐.
아무 생각 없이 온 세상,
아무 미련 없이 가면 되는 세상인 것을…
무엇이 두려워 허망하게
천국과 지옥을 만들어
찰나의 지나가는 생을 소란스럽게 하느냐…

죽음 그리고 소녀

포근함

고층 옥상에서 투신하는 사람들을
독하다고 하지 마라.

투신해서 떨어질 때까지의 두려움과 공포보다
세상사는 슬픔이 더 큰 것을 어쩌랴.

스스로 목에 밧줄을 매고 숨통 끊는 사람들을
비겁하다 욕하지 마라.

숨통이 끊기면서도 눈에 보이는 세상 모습의
잔인함에 멈추지 못하는 것을 어쩌랴.

날카로운 비수로 자신을 가르는 사람들을
잔인하다고 하지 마라.

차가운 비수의 날은
구원 받아 천당에 가는 것처럼
짜릿짜릿 달콤하게 속삭이고

몸통에서 뿜어나오는 핏물은,
신심 깊은 이가 주일마다 가는
어머니 품같은 포근한 성당처럼
아늑하고 따뜻하게 느껴지는 것을 어쩌랴.

마지막 자장가

나 하나 가면 그뿐인걸
슬퍼할 사람 뉘 있어
검은 상복을 입고 춤을 추랴.

눈물 젖은 도화지에
내 여린 삶을 남겨두고
이제 긴 잠 드는구나.

여인네의 젖무덤에 잠겨
젖꼭지를 물고 떠나는 사람을 위해
마지막 자장가를 들려나 주오.

나의 세상

지워도 지워지지 않는
부끄러운 기억 파편들을 모아
강제 포맷을 하련다.

고통만 연장시켜줄 뿐인
길 잃은 희망은
더 이상 하지 않으련다.

이제 추한 기억을 만들지 않으련다.
세상이 몰고 가는 대로 몸을 맡기고
나는 나의 세상을 더 이상 만들지 않으련다.

▍떠나려는 자

눈 함박 내리는 어느 어두운 오후,
있어야 할 곳을
있어도 되는 곳을
떠나야 하는 자의 뒷모습이
저 멀리 흐려지며 눈 한 송이 된다.

카카리키

세상은 노란 카카리키의 날아가는 모습보다
더 아름다운 것을 찾을 수 없는 그런 곳인걸…

세상은 어린 강아지의 순수한 눈보다
더 순수한 것을 찾아볼 수 없는 그런 곳인걸…

알 수 없는 눈물

두 눈에서 알 수 없는 눈물이
나도 모르게 흘러내린다.

지는 해가 아쉬워일까
지는 낙엽이 가련해서일까
아니면 지는 세월이 안타까워서일까…

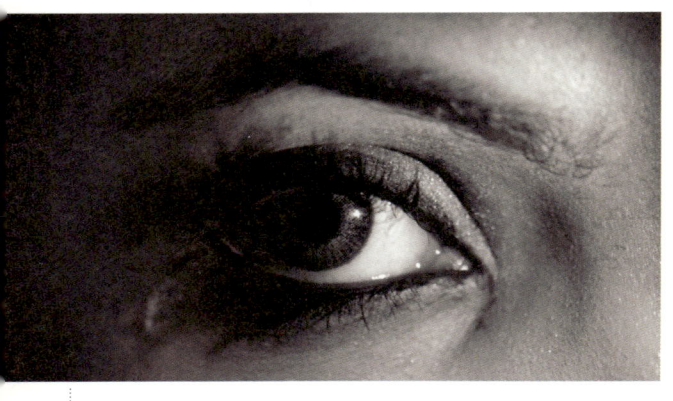

아름다운 노래

나의 가족들, 나의 친구들 그리고 나를 아는 사람들이
옹기종기 내 무덤가에 앉아 통기타를 치면서
삶의 아름다움을 노래하고 있다.

나의 썩어버린 몽뚱아리를 꺼내
배를 가르고 내장을 하나씩 꺼내며
맛있게 바비큐를 해 먹으며
다시 아름다운 노래를 다 함께 신나게 부르고 있다.

걱정

걱정이다.
살아 있을 때 죽어야 되는데…

걱정이다.
죽기 전에 죽어야 될 텐데…

걱정이다.
제일 먼저 죽어야 될 텐데…

네번째이야기

다하지 못한 이야기

● 우리, 지금

우리는 모두 다 다르지만 느끼는 것은 하나다.
어떻게 하면 오늘을 놓치지 않고 내일을 잡을 수 있을까?

국제화와 개방화가 되어 이젠 국경 없는 세상이 된 지 오래고
알게 모르게 그래서 우리는 We are the World가 되어버렸다.
이런 세상에서 살아남기 위해 우리는 작은 몸뚱아리를
아끼지 않고 이리저리 바삐 우왕좌왕하지만
여전히 해야 할 일도 많고 알아야 될 것도 많다.

하루가 다르게 변하는 신기술을 따라잡지 않으면 원시인이
되고, 직장에서 능력보다는 각종 연줄과 아부에 능하지 않으면
이 치열한 경쟁 사회에서 누구의 주목도 받지 못하고
갖가지 스트레스와 중압감에 시달리기만 하다 도태되는 세상.

그러지 않기 위해 자기 능력 이상으로 뭔가 해야 되고,
그러지 않고서는 이 사회, 집단에서 낙오될 수밖에 없다는
냉엄한 자기 진단 속에서 오장육부를 포함한 모든 내장기관을
다 내놓고 비굴과 모욕을 생존수단으로 살아가기 위해
몸부림치고 있다.

그래서 좀 아는 사람, 뭔가 할 줄 아는 사람이라는
인식을 받지 못하면 평범한 군계로 쓸쓸히
기억 속에서 사라지는 수밖에 없는 것이 우리의 현실이다.

생각하면 나오는 건 한숨뿐.
하루의 일과를 끝내고, 무거운 몸을 털고
한낮의 흩어진 마음을 추스르고 편안한 가정으로 가는 시간.

지하철에서 버스 안에서 혹은 차 안에서
나만이 내 생각을 할 수 있는 유일한 공간,
이 조그마한 공간에서도 하루 보냄의 보람을 느끼기보다는
내일이 오는 것에 대한 불안감으로
조마조마 살아가는 우리 시대의 불쌍한 사람들.

● 인간

인간은 아무리 생각해도 이해할 수 없는 존재이다.
인간을 이해할 수 있는 사람이 있다면
그는 인간이 아닐게다.

● 인간 2

인간이 얼마나 어리석은지 아는 사람이라면,
그 인간들이 이룩해 놓은 과학기술문명을 보고
기절할 수밖에 없다.

● 인생

하고 싶은 걸 하지 못하는 게 바로 인생이다.

생지옥

사람들과 멀리하면 외로움과 고독이 가득하다.
하지만 사람들과 가까이하면 그건 생지옥이 된다.

슬픔

이 세상에서 가장 슬픈 일은
내가 아닌 나로 살아가는 것일게다.

슬픔 2

슬픔이 왜 이리도 세상에 많을까 탄식하는 사람은
세상에 이리도 많은 슬픔을 보지 못하는 사람보다
훨씬 더 슬픈 사람이다.
사람들에게 보이는 않는 슬픔에 상처받고,
사람들이 느끼지 못하는 슬픔에 아파하게 된다.
그들에게 세상은 언제나 무겁고
사람들의 시선은 멀리만 느껴지게 된다.

기적

사람이 사람하고 같이 일하는 것은 기적과 같은 일이다.

● 기적 2

이렇게 사람들이 달라 우리가 될 수가 없는데
이렇게 사람들이 타인의 슬픔을 좋아하는데
이렇게 사람들이 타인의 행복을 아쉬워하는데…
같이 같은 곳에서 함께 어우러져 사는 것은…
이게 바로 기적이다.
비정상이 정상이 되고
부정과 탈선이 관행이 되고
사람들은 서로의 관행을 덮어주려 애쓰고
이를 널리 알리는 사람만이 비정상이 되는데
그런데도 함께 같은 곳에 사는 것은
그야말로 기적이다.

● 세상

사람은 믿을 만한 존재가 못 된다.
항상 경계하고 심리전을 펴야 한다.
자신의 이익을 얻기 위해서 어쩔 수 없이
상대방을 속이고 배신할 수밖에 없게 된다.
배신당한 이의 불행은 덤으로 오는 부수익이다.

● 행복

우리가 행복하지 않은 것은 행복이 없어서가 아니라
우리 옆에 있는 행복을 보지 못해서이다.
라고 말하는 아주 불행한 사람들이 있다.

● 불행

우리가 어릴 적 추억을 그리며
지나간 기억들을 다시 돌려보며
얼굴에 미소를 머금는 것은
그만큼 지금이 불행하기 때문일 것이다.

● 비교

비교는 불행의 시작이다.
그냥 자기 자신에 맞게 행복하게 살면 되는데
우리들은 왜 그렇게 주변 사람들의 일에
그렇게 관심이 많고 비교를 해야 하는 걸까…
더구나 웃긴 것은 다들 비교 우위에 있기 위해
자신의 불행은 가능한 한 감추고 행복만을 이야기하게 된다.
그러면 듣는 상대방은 그 과장되고 실재하지 않는
상대방의 행복과 자신의 현실을 비교하면서
슬퍼하고 상처받는다.

● GNP

동유럽에 살았던 적이 있는 지인이 한 말이 있다.

돈이 부족하든 남든 타인은 신경 쓰지 않고

그냥 자신에 만족하면서 즐겁게 살아가는 그들을 보면서

우리가 그들보다 숫자상 GNP가 더 높을 수 있지만

동유럽 사람들의 정신적인 GNP를

우리는 결코 따라갈 수가 없다고.

● 욕심

욕심 없는 사람은 발전할 수가 없다.

이 세상을 이끌어 온 사람들중 욕심 없는 사람은 없을 것이다.

욕심 있는 사람들보다 더 큰 문제는 욕심없는 사람들일게다.

● 욕심 2

욕심을 부려 자신의 능력을 극대화할 수 있는

"무리한 욕심"은 절대 해가 되지 않으니

마음속에 꼭꼭 눌러 담아두어야 한다.

반대로 너무 비현실적인 "무모한 욕심"을 부린다면

무거운 삽을 들고 자기 무덤을 파고 있다고 생각하면 된다.

무엇이 화를 가져오고

무엇이 행복을 가져오는지 판단해야 되는데

이런 "무모한 욕심"을 부리는 사람은 눈이 멀어

그걸 판단할 능력이 없기 때문이다.

● 지금

지금이 전부가 아니다.
사람이 죽어야 최종결과가 계산될 수 있다.
그것도 피상적인 것들을 기준 삼아 말이다.
그런데도 사람들은 시시각각 지금이 전부인 양
타인들의 겉모양과 거짓말에 자기 상황을 비교하여
불필요한 불행을 만들고 고통스러워한다.
그래서 세상은 실제 이상으로 불행할 수밖에 없다.

● 불공평

세상은 모든 게 피라미드 형태이다.
공부도 잘하는 학생이 적고 못하는 학생이 더 많다.
머리도 좋은 사람이 적고 나쁜 사람이 더 많다.
잘사는 사람은 적고 못사는 사람이 더 많다.
이건 어느 시대 어느 곳에서도 다 똑같은 현상이다.
아쉽게도 이를 부정할 수는 없다.
그래서 세상은 불공평할 수밖에 없다.
세상은 공평하다고 말하는 사람들은
세상의 약자들로,
자신의 불행을 자위하면서 신음하는 억지소리이다.

발전

자기 자신에게는 관용스럽고 타인에게는
한 치의 실수나 잘못을 용납하지 못하는 사람은
발전할 수가 없다.
아프지만 자기 자신을 비판하고 반성하고
무엇이 잘못인지 무엇이 틀렸는지
그 순간이 괴롭더라도 겸허히 받아들이고
이를 고쳐나가야만 변화와 발전이 가능한 것이다.
세상의 발전을 견인하는 사람은 그래서
바로 이런 짜증나지만 비판을 멈추지 않는 인간들 덕이다.

분노

묻지마 범죄와 자살은 별개의 것이 아니라
동일 현상이 두 가지 모습으로 나타나는 것으로 봐야 한다.
분노의 정점에서 남 탓을 극단적으로 하게 되면 묻지마 범죄가
되고, 분노의 정점을 지나, 모두 자기 탓으로 돌리는 사람은
자기 생명을 버리고 이 세상을 등지게 되는 것이다.

후회

후회하지 않고 살고 있는 사람은 없다.
후회를 해야만 앞으로의 자기의 삶에서 하게 될
후회를 덜어낼 수 있기 때문에

우리는 반드시 후회를 해야 한다.
그렇다고 후회만 하고 사는 사람에게는 미래는 없다.
후회라는 바이러스에 몸과 정신은 점점 썩어들어가
앞으로 하게 될지도 모르는
후회를 덜어낼 미래도 없기 때문이다.

● 후회 2
산다는 것은 후회의 연속에 불과하다.

● 행동
사람의 말보다는 그 사람이 행동하는 것을 보고
판단하고 믿어야 한다.
사람의 말이 아니라 행동으로
그 사람의 진정성을 알 수 있기 때문이고,
말보다는 행동을 보고 사람을 판단해야
그의 본 모습을 볼 수 있기 때문이다.

● 정치가와 국민
속이고 또 속이고 그리고 또 속일 준비를 하는 정치가들.
속고 또 속고 그리고 앞으로도 계속 속을 준비를 하는 국민들.
희망을 찾으러 이곳저곳 쑤셔보지만

고통과 절망만 연장될 뿐이다.

정치인

정치인 좋아하지 마라, 타락하는 모습에 괴롭고,
정치인 싫어하지 마라, 이민가거나 죽지 않는 한
그들을 피할 수가 없다.

연쇄살인범

요즘 중고교학생들이 스스로 목숨을 끊거나
정신과 병원을 학교 드나들 듯이 하는 것은
이기적인 엄마들의 추한 욕심과 이를 이용하는
학원들의 공동작품이다.
엄마와 학원들은 그래서 아이들을 죽음으로 몰아넣는
연쇄살인범들이다.
아이들의 죽음은 자살이 아니라 집단 타살이다.
병폐로 가득한 헬조선은 집단 우울증에 걸린
우리 사회가 우리들을 죽이고 있는 살인 현장인 곳이다.

배신

그대 믿는 사람에게 배신을 당해 피 흘리고
그대 친한 친구가 뒤에서 다가와 칼로 찌를 때

그대 가족과 형제가 앞뒤에서 해코지를 할 때
그대 분해하지 말고, 화내지 말고, 열받지 마라,
그런 것이 사람들 사는 곳이니…

● 배신 2

사람을 믿지 마라,
믿음은 차가운 배신의 칼로 돌아온다.
사람을 가까이하지 마라
그것만이 살길이다.

● 실수

인생에서 사람들이 저지르기 쉬운 가장 큰 실수는
사람을 믿는다는 것이다.

● 희망

세상 살면서 가장 멀리해야 할 것은 희망이다.
희망이란 불행한 사람들이 억지로 만들어 낸
마지막 피신처에 불과한 것이다.

정의

정의로운 사람인 줄 알았다.
비뚤어진 세상을 바로 잡아줄 사람으로 기대했다.
지나고 보니, 자기만이 정의라고 생각하는
그저 다른 한 편에 지나지 않는
예전과 똑같은 수준의 또 다른 패거리이다.

처세술

우리가 처세술에 관한 책을 읽는 것은
시험공부 대신에 족집게 과외를 하는 것에 다름 아니다.
문제지를 훔쳐내 정답을 외우는 것과 같은 짓이다.
고전과 양서를 읽으면서 자신도 모르게 쌓이는
품위 있는 처세에 비하면
처세 관련 책자를 통해 얻는 처세술은 천박하기 그지없다.

장님

우리가 보는 세상과 우리에게 보이지 않는 세상,
그 어떤 것이 더 많을까?
눈을 가졌지만 보이는 것도 못 보는 우리는 장님이요,
귀를 가졌지만 들리는 것도 듣지 못하는
우리는 귀머거리에 불과한 존재일 뿐이다.

최선

employer와 employee는 철자 하나만 틀리지만
실제 그 차이는 하늘과 땅 차이이다.
그들은 구조적으로 서로 이해할 수 없는 존재이고
친구가 될 수도 없다.
단지 이해하고 친구인 척할 뿐이다.
그게 최선이다.

사람들

사람들과 일하는 것만큼 즐거운 것도 없고
사람들과 일하는 것만큼 끔찍한 것도 없다.

판단

보이는 게 다가 아니고 들리는 게 전부가 아닌데,
우리들은 제한된 경험을 기준 삼아 그릇된 판단을 하는
어리석은 짓을 즐겨한다.

경쟁자

우리가 경쟁자를 앞섰다고 자만하는 순간,
이미 경쟁자는 우리 옆을 지나고 있을지 모른다.

● 목소리

누가 그런 말을 한 적이 있었다.
어느 악기보다 가장 아름다운 소리를 내는 것은
인간의 목소리라고.
그레고리안 찬트를 들어 보면 정말 소름이 끼칠 정도로
인간 목소리의 위대함을 느낄 수 있을 것이다.

● 자연

사람의 흔적이라고는 찾아볼 수 없는 깊은 산 속
나뭇가지에 매달린 잎새가 바람에 흔들리는 것보다
더 자연스러운 게 있을까…

● 단점

자신의 단점을 알고 있는 것은 참다운 지혜이고
자신의 단점을 다른 사람들에게 말할 수 있게 되면
그야말로 강한 자신감을 가졌다고 할 수 있다.

● 혼자

세상은 사람들로 가득 차 있지만,
우리는 혼자일 수밖에 없다.
그냥 살기 위해 사람들이 옆에 있는 것처럼

자신도 모르게 생각할 뿐이다.

● 거짓말

순간의 아픔과 고통을 피하기 위해서 거짓말을 하지 마라.
바로 앞에 그 아픔과 고통의 몇 배 되는
지옥이 기다리고 있기 때문이다.

● 역사

역사란 극단적으로 말해서 지나간 일을 재료로
후대의 인간들이 가공해내서 만든 창작에 불과하다.
우리가 지금 역사자료와 발굴 등을 통해서 보는 것은
역사의 단편에 불과하다.

● 역사 2

역사는 한마디로 나쁘게 말하면 거짓이고
좋게 말하면 소설이다.
우리가 타임머신을 타고 가서 실제 살아보지 않는 한
어느 시대의 역사를 제대로 알 수는 없을 것이다.

네번째 이야기

● 부모

남과 여의 사랑의 결실이기는 하지만
부족한 남녀가 부모가 되어
한 아이를 교육하고 가르친다는 게
난 너무나 무섭게 느껴진다.

● 부모 2

이 세상에 자격 있는 부모라고
자신 있게 말할 수 있는 사람이 얼마나 될까…
결국 이 세상에 그렇게 불행이 많은 것은
아무나 자식을 낳아서 제대로 키우지 못하는
사람들이 대다수이기 때문일 것이다.

● 부모 3

나의 이상적인 생각일지 모르겠지만,
운전하는 사람, 의사, 교육자, 그리고
특히 부모는 아무나 해서는 안 될 직업이다.

● 종교

축복받은 삶이란 우리가 태어난 것에 대한
합리화에 지나지 않으며,

종교란 우리가 살아가며 짓는 죄악에 대한
면죄부를 받으려 몸부림치는 것이며,
천당이란 죽음에 대한 두려움을 애써 잊으려는
현실이 만들어낸 허구일 뿐이다.

● 종교 2

원시인들이 도구를 만들어 생활을 편리하게 했듯이
우리는 종교를 만들어서 우리를 용서하고 우리를 평화롭게
그리고 편안하게 하고 있다.

● 기독교

인류 역사상 최고의 작품은 기독교이다.
종교란 불행과 고통을 이겨낼 수 없는 인간의 나약함이
만들어낸 최고의 방어기제이다.
수많은 종교 가운데 기독교는 살아남아 전 세계
인간을 지배하고 있다.
많은 종교 중에 당시 권력이 자신의 권력을 유지하기 위해
가장 유리한 작품인 기독교를 황제가 공인하게 된다.
지금은 사교라고 불리는 다른 종교가
그 당시 공인되었더라면
기독교는 역사의 모퉁이에 잠깐 언급되는
사교 중의 하나가 되었을지도 모른다.

나는 기독교를 인정한다.
다만 그 절대성을 인정하는 것이 아니라
그 상대성을 인정할 뿐이다.

기독교 2

사랑하는 이가 죽어도 하느님의 뜻이고
증오하는 사람이 행복하게 사는 것도 하느님의 뜻이다.
이 세상의 모든 현상은 하느님의 뜻이다.
그토록 하느님의 뜻은 미스터리하다.
이보다 더 완벽한 작품이 어디 있겠는가?
이런 점을 생각해볼 때 그렇게 많은 사람들이 중독되는 것은
당연할지도 모른다.

신앙

사실 믿음이라는 건,
1층에서 10층까지 걸어갈 때처럼
한 계단 한 계단 올라가는 것처럼
조금씩 늘려갈 수는 없는 성질의 것이다.
손바닥을 뒤집듯이 이성적으로 이해할 수 없는
뭔가 계기가 되어 신앙을 갖게 되는 것 같다.

● 사후

삶과 죽음.

우리 인간의 두 축이다.

태어날 때 전생을 기억 못 하듯

사후에 우리 또한 어떤 세상이 있는지 모른다.

아예 아무런 것도 없을지도 모른다.

사후에 지옥과 연옥을 만든 것은

인간들의 죽음에 대한 공포심과

이를 이용해 현세를 통제하려는

종교의 근원적인 속성 때문일 수도 있다.

● 사후 2

사후 세계의 존재를 믿고 현세의 삶을 조정하고

맞춰가려는 짓은 무모하다.

모든 선과 모든 빚은 현세에 끝내고 가라.

고대 왕처럼 순장을 할 것이 아니라면 말이다.

그리고 죽음도 삶의 한 과정이라는

약삭빠른 유혹의 말에도 넘어가지 말자.

● 사후 3

우리의 목표는 지금 현재를 열심히 사는 것이다.

사후에 벌 받지 않고 천당에서

행복한 삶을 위해서가 아니라
지금 자신을 위해 충실히 살아가야 하는 것이다.

● 미쳐라

젊은이들이여 미쳐라! 완전히 미쳐라!
미치지 않고 세상을 살아가는 것보다
더 미친 짓은 없기 때문이다.

● 기성세대

젊었을 때 피를 토하며 데모를 했다.
나만이 정의인 양, 나만이 애국자인 양
나는 부정부패를 일상으로 생각하는 정치가들과
한국의 기관차 역할을 한다는 기성세대들을
치욕스럽고 수치스러워하면서
젊고 힘없는 손가락이지만 있는 힘껏 소리쳐 외쳐 댔다.
그 메아리는 아직도 내 주변에 어른거리고
그 분노도 아직 내 가슴 한편에 남아 있는데
그리고 학생회관 옥상에서 투신한 친구의 몸에서
흘러나오는 핏줄기가 아직도 내 뒤를 쫓아오는데
그 없어져야 할 기성세대들은 아직도
우리 주변에 버젓이 살아 숨 쉬고 있다.
이름도 다르고 얼굴도 같지 않지만

여전히 우리 주변에 있는 모습에 화들짝 놀란다.
우리는 어느새 그렇게 욕했던 인간들이 되어버렸다.
우리가 바로 그 없어져야 할 사람들로 낙인찍었던
그 수치스러운 기성세대가 되어 버린 것이다.

한국인

태어나면서부터 사치와 비교 속에서 '옹알이'를 하고,
어렸을 때부터 또한 비교와 경쟁 속에서 못된 것들을 배우고
결혼을 통해 다시 한번 자신들의 부와 권력을
실제 이상으로 보여 주려 하고 그리고 죽어서까지도
빽을 써서 좋은 병원의 좋은 장례식장을 구하는
실로 참 불쌍한 한국인의 한 세상살이이다.

사회

부자라고 무조건 욕하지 않는 사회,
하지만 사기와 부정으로 부를 축적한 사람은
아무리 뇌물을 써도 벌을 받는 공정한 사회,
노력도 하지 않고 난 부자가 아니라고
불평불만만 하지 않는 사회,
그래서 노력을 열심히 하면 누구나 성공할 수 있다는
가능성을 갖게 되는 사회,
그런 사회가 왔으면 좋겠다.

● 인간관계

우리나라에서 기업, 공직, 교직 등의 집단 사회생활을 하는데
치명적인 결함은 우리는 일 중심이라기보다는
서로의 인간관계에 더 초점이 맞춰져 있다는 것이다.

● 세대

우리 부모세대가 우리 어렸을 때에
지금 세상을 걱정했듯이
우리가 보기에 요즘 아이들 걱정되지만
그래도 그 아이들이 기성세대가 되면
물론 색깔은 바뀌겠지만
여전히 세상은 잘 돌아갈 것이다.

● 힘

우리나라는 아직도 공정과 정의보다는
힘의 논리가 좌우하는 세계이다.

● 거짓의 시대

요즘은 마케팅의 시대이다. 콘텐츠가 아무리 좋아도
마케팅이 약하면 외면당할 수밖에 없다.
콘텐츠 개발 이상으로 마케팅이 중요해진 상황을

부정하고 싶지는 않다.

하지만 조금만 자세히 들여다보면 마케팅이라는

미명 하에 자행되고 있는 행위들은,

이게 마케팅인지 사기인지 구분이 안 갈 때가 많다.

어느 시대나 보이는 것보다는 보여지는 것에

더 끌려다니는 게 인간이긴 하지만

요즘의 작태를 보면 광기에 가까워 보인다.

처음부터 끝까지 마케팅이라고 해도 과언이 아니다.

이처럼 과장과 거짓에 물들은 시대는 역사상 없었을 것이다.

오늘도 우리는 아는지 모르는지

보고 싶은 것을 보고 실제로 보이는 것을 보는 게 아니라

일방적으로 보여지는 허상에

몸을 맡기고 중독되어가고 있다.

시가 되고픈 산문집

어두운 밤이
하루의 끝을 잡아당긴다